当青春渐渐远去

欢畅的岁月仅仅留在记忆里

才能意识到

什么是真挚的相爱

——题记

晚秋情事

叶辛 著

東方出版中心
中国出版集团

图书在版编目（CIP）数据

晚秋情事 / 叶辛著. —上海：东方出版中心，2022.11
ISBN 978-7-5473-2060-0

Ⅰ. ①晚… Ⅱ. ①叶… Ⅲ. ①长篇小说—中国—当代 Ⅳ. ①I247.5

中国版本图书馆CIP数据核字（2022）第205020号

晚秋情事

著　　者　叶　辛
策划编辑　黄升任
责任编辑　钱吉苓
封面设计　今亮后声 HOPESOUND pankouyugu@163.com · 王非凡　王秋萍

出版发行　东方出版中心有限公司
地　　址　上海市仙霞路345号
邮政编码　200336
电　　话　021-62417400
印 刷 者　南京爱德印刷有限公司

开　　本　890mm × 1240mm　1/32
印　　张　5.75
字　　数　122千字
版　　次　2023年1月第1版
印　　次　2023年1月第1次印刷
定　　价　58.00元

一

江南十月，是上海一年里最好的时节。

早晨的一缕阳光斜斜地照进我的书房，半开的窗户里，时隐时现地吹进来缕缕桂花的香气。正是读书的好时光，我找了三本书，刚要在临窗的位置坐下，电话响了，一开口我就听出是我们夫妇的老熟人刘玉兰，她以一辈子改不了的直率爽朗问："嗨，你还记得李月吗?"

"怎么会忘记，其他人时间久了记不住，李月忘不了。"

刘玉兰的语气一下子变得俏皮起来了："怎么把人家记得如此之牢？嗯。"她爱调侃人，这个"嗯"就是个信号。

"一来，她的姓名简洁明了，不易忘。"我小心冀冀地提防着她，"二来嘛，我们这拨人，谁会忘记她当年和齐大盟的恋爱啊！那么轰轰烈烈、如胶似漆的，根本不在乎闲言闲语，只差用惊天动地来形容了。其他的男女之间，不是藏着掖着，也是悄悄地相好……"

"就像你和你那位，悄没声息的，"刘玉兰还是逮住了插话调侃的机会，"其实呢……"

我没让她说完，顾自往下道："后来李月把大盟一脚蹬了，蹬得干脆利落。引得大伙儿都说，这么绝情，不像是李月的作为。"

刘玉兰接过我的话道："过去的就让它过去吧。我要跟你讲的是，李月回来了。"

“回来了?”我多少感到有点意外。

“回来了,”刘玉兰肯定地说道,“我和她见过面了。”

“她是……和家人一起回的?”我在猜度,李月回来仅仅是探亲访友,还是有什么事情? 她当年去美国,那可是梦寐以求,几乎把美国视作天堂,她获得了签证以后,还对我们这些人详细地解释“美国梦”是个什么概念。大有她去了之后,也是要去实现“美国梦”的意思。以后的事实似乎也印证了她的义无反顾是多么英明和正确,她在美国发展得很好,比和她前后去的同伴们都好。听他们说,她早实现了“美国梦”,有了房子、车子、游泳池,一份体面的工作。

不过,作为男性,每次有人提到李月,我总会瞬间在脑子里浮现出至今仍孤身一人生活的齐大盟。和李月相比,大盟太可怜了。

“不不不!”停顿片刻,电话里传来刘玉兰一口气连说的三个不字,“她是一个人回来的。听她语气,好像这一次要住段时间。”

“那么,”我斟酌着字眼询问,“她是想……”

“她想见见齐大盟。”刘玉兰有些迫不及待地告诉我,“但她又怕,怕太贸然了,到大盟跟前碰钉子,弄得……”

“下不来台? 对吗?”我嘀咕道。这是完全有可能的,李月离开上海时,做得那么绝情绝义,当时的不少伙伴都有些义愤呢。

“弄得尴尬,”刘玉兰纠正着我这个作家的用词,“故而她来找我商量,说能不能劳动你的大驾,出个面……”

“我的大驾?”我不觉一怔。我和大盟、李月都没深厚的交情啊!

“当然是大驾啰! 你是名作家,又当着不小的官。比起当年振华大楼我们那些当官的家长,还要有身份、有地位呢!”刘玉兰在电话那头,一迭连声道:“跟你说啊,给你打这个电话前,我跟你夫人通过话了,她说她作不了你的主,要我直接打电话给你。”

怪不得刘玉兰直接打给我呢。妻没事儿似的,啥也没给我透露。

“我?”我一时没回过神来,不由得问,“我能做些啥?”

“很简单哪!”刘玉兰乐呵呵地道,“以你们两口子的名义,请青春时代的伙伴们聚一聚,吃顿饭,喝点酒。这年头,吃饭是其次,主要是创造个见面聊天的机会。同时请齐大盟和恰好回上海探亲的李月参加。这样既自然又令大家高兴,关键是能让他俩见上个面。”

“可以啊!”我答应下来,转而又道,“李月想见大盟,是要达到个什么目的呢?”

“这个你就不要操那么多心了,”刘玉兰笑得爽爽的,“我们嘛,也就是看在多年老朋友的面子上,帮助她拉这么个场子。见成了面,至于他俩以后接不接触,怎么个接触法,要说些什么,都是他们之间的事了。你说是不是?”

“倒也是,”我勉强应着,心里却有一种被人牵住了鼻子去做事的感觉。我的目光落在从书橱里找出的三本书的封面上,问,“你看,约在什么时间、哪个饭店呢?”

“这个由我一手包办了,放心,包你满意!”刘玉兰大包大揽地说,“你只要等我信息就成了。我对所有人说,你们两口子委托我一手操办。也就是说,你只消出一个名义,其他不用管。不会让你失望的。李月也说了,你是大名人,不要占用你太多时间;你夫人呢,谁都知道她不食人间烟火,当年就是个‘资产阶级大小姐’,哈哈哈,开玩笑、开玩笑。你看这样行吗?”

“那……”我还有什么话说呢，刘玉兰本就是爽快人，我顺水推舟，“你这么热心肠，我就恭敬不如从命了，听你的。”

“谢谢，谢谢你！”刘玉兰“哈哈哈”大笑着，“嗳，听李月说，你去美国访问时，你们俩见过一面的。”

“是啊！”我坦然道，“她来参加文学活动，我都没想到。”

“那以你的名义请她一下，你也还了礼。”刘玉兰说，“我的第一个任务，就算一个电话搞定了。”

“通个电话，怎么成大任务了？”我诧异，心里仍在狐疑，刘玉兰和李月，会不会借这次聚会，搞啥鬼名堂？继而一想，还不至于，都是四十六七奔五的中年人了，进入了人生的秋季，是成熟的群体了。眼前同时浮现李月俏丽的脸。

再说，我们这一群共同成长起来的老同学、老朋友，什么没经历过？

我在窗台上翻动着找出来的三本书，一本是我们步入中年初期，在国内读书界流传甚广的《情人》，另两本是名声不小的《洛丽塔》和《相爱一场》。三本书译成中文公开出版时，我都分别读过，留下一个印象，三本书都是写西方社会不伦之恋的。

之所以集中找出来，想静下心来再读一遍，是前几天看到一篇海外的评论，说这三本书是即将过去的 20 世纪最佳的爱情小说。这和我读来的感觉有点距离，也有些意外，故而我想再细细地读一遍，研究一下人家这么评介的缘由。

刘玉兰的来电把我读书的心情搅乱了。

挂断电话，眼前浮现刘玉兰那张开朗的五官端正的脸庞，明亮的黑白分明的大眼睛，嘴的左侧有一个时而俏皮、时而若隐若现的酒窝，青春年少时可迷人了。不消说，那时候她是个出众的美女。我们年少时的姑娘，都以脸上一左一右生有两个酒窝为美的标志。而她呢，偏偏只长着一个忽上忽下、忽左忽右俏皮的酒窝。这使得她的脸貌左右有点不对称，可正是这点儿不对称，令她的脸庞愈加引人瞩目。那时就有男生在私底下说，一见她那灵动的酒窝，心就会随之一动。

她有过一个丈夫，是个帅气的男子汉。是她花了点功夫追到的。

仗着年轻貌美，她公开宣扬过自己的择偶标准：一，不要当官的；二，不要发大财的；三，必须无条件听她的话，对她言听计从。这是她找对象的基本要求。

我们这帮男女生都知道，私底下还嘀咕，她这标准有点怪，只怕难找。

嗨，还真给她找到了一个相貌堂堂、俯首帖耳的丈夫。

哪晓得，充满自信的刘玉兰看走了眼。这个看上去符合她条件的丈夫，在宝贝女儿读一年级那年，出轨了。

对方是个风流妩媚的记者，有几分姿色。两人被记者的丈夫抓了个“现行”。风言风语传开时，竟然会有几个版本。

事情闹大了，刘玉兰如梦初醒地发现，这个英俊潇洒、言听计从的男人，并不像她心目中认为的那样忠诚老实。

从那以后，有好长一段时间，她们一帮女伴之间讲起男人老实的话题，刘玉兰总要不屑地哼一声，道：“老实男人不长肚脐眼。”

出了事，她很气愤，耿耿于怀，朝着丈夫大发一顿脾气，还在家中摔碎了一盘玻璃杯、几只碗。但她最终选择了原谅，一来是丈夫不断地朝她赔不是，咒骂着自己，看她声色俱厉，甚至下了跪；二来呢，刘玉兰说，谁没个错呢？再说她和这个丈夫生下了女儿，离了婚，女儿就没个完整的家了。看得出，丈夫混蛋是混蛋，还是爱女儿的。女儿琳琳不能在一个少了爸爸的家庭里长大呀。

况且，他哀求时说的，看在琳琳的份上，原谅他一回，就这一回。

刘玉兰的脾气发得也累了，她向丈夫竖起了食指："我只相信你这一回。再出这种事儿，就给我滚出这个家。"

丈夫一迭连声地答应着，刘玉兰让他写出"悔过书"，保证从此以后一定洁身自好，忠实于妻子和女儿琳琳，如若再有这种事发生，就"卷铺盖走人"。

刘玉兰逼丈夫写了两遍，第一遍写出来，她嫌写得不深刻，重写！

第二遍写出来，她让丈夫抄了一式四份，不准复印，每一份都必须亲笔写出来。一份丈夫本人保存，时常拿出来读读；一份由她锁进抽屉；另外两份留存着，如若丈夫再犯这种伤女人心的事儿，她就把他一脚蹬了，并把这两份悔过书交给双方的父母。

那一年，他们双方的父母都还健在。

表面上看，这家伙是悔改了。对刘玉兰比以往更加关怀备至，嘘寒问暖，小心翼翼。但是好景不长啊！

琳琳小学毕业那年，一个腆着肚子的大龄未婚女人找上门来了。那晚上刘玉兰感觉过一丝疑惑，丈夫说琳琳温习功课累了，爸爸单位工会集体组织购票参观新落成的东方明珠，登上去观赏整个浦东陆家嘴的夜景和黄浦江上的灯光，听说那是很美很壮观的！琳琳欢天喜地随爸爸去了。

刘玉兰一个人很难得地在房间里看着电视消磨时光，享受那份少有的清静。女人敲门进了屋，一掩上门就朝着刘玉兰跪下了。她说肚子里的孩子是玉兰丈夫的，她丢不起人，必须得把孩子生下来。医生说了，大龄女如果流掉肚里的孩子，这辈子不会再生了。她这是第二次怀上玉兰丈夫的孩子了，她思来想去，只有来求琳琳的妈妈。

刘玉兰这一次既不恼，也没发脾气，只是重重地在桌子上拍了一巴掌，震得茶杯盖子掉在桌面上，她又恼又羞地说了一句："我成全你们，和这个王八蛋离婚！"

那几天里见过刘玉兰的人告诉我，说刘玉兰的脸色铁青，和她说话，安慰她，她什么都不答。

我再碰见她时，感觉她和以往没啥两样，只是那双大大的眼睛里，多了一种神情。是什么，我一时没想清楚。

办妥离婚手续，让这男人滚了蛋。她还做了一件事，把女儿的姓改成了随她，还把琳琳删去一个字，就叫刘琳。有关心她的姐妹问，你仅仅改了个姓，男方应付的费用呢？

"一刀两断了，还让女儿和他沾什么关系呀。我那点收入，够抚养刘琳长大成人了。"

后来的事实证明，刘琳确实出息了。那是后话。关心她的知心姐妹问："玉兰，你这么年轻，相貌又出众，不找另一半了？"

她只是苦笑了一下，没吭气儿。这不，现在刘琳成了小富翁，刘玉兰似乎也没找过啥男人，把全副心思放在刘琳即将出生的第三代身上。从没听说她有过啥临时的男朋友，也没见什么人给她介绍过男人。

这一回，李月从美国回来，吐露了要见见齐大盟的想法，刘玉兰倒热心起来了，颇出乎我的意料。我只觉得，自从刘玉兰干净利落地蹬了她男人以后，她对男人，尤其是年龄相仿的男人，没甚好感。只有妻向我吐露过，那只是我的直觉。其实玉兰心底深处，还是想有个伴的。刘琳很开放，鼓励妈妈找一个。

在我们这拨老朋友中间，齐大盟是个例外。大家都说他是个好心人，聪明人，又是个可怜虫。而且，在我们看来，齐大盟今天可怜兮兮的惨状，都是他的好心惹出来的。

二

刘玉兰办事不但干脆利落，而且面面俱到，想得很周到。她约的饭店是离振华大楼一箭之遥的沿马路别墅，地铁1号线的出入口附近。她给我来电话说，伙伴们听说是我们两口子请客，请了假也要来，说作家是难得参加聚会的，平时他们设好宴，光要我参加，我也总说忙，不肯赏光。这次绝不能错过机会。

“嗳，你架子真的这么大啊？”刘玉兰不依不饶地追问着，“我还不知道呢。”

“你听他们编排，”我急忙否认，出了名，最怕的就是当年小学、中学、一起当知青的伙伴们说我架子大。我寻找着理由说：“其实众人都是想见见大盟和李月，他们当年的恋爱、分手，给我们的震动太大了。只不过不好意思说穿，就拿我来垫背。”

“哈哈哈，”刘玉兰一阵大笑，和她当姑娘时的性格一个样，她忙说，“我晓得我晓得，其实大家心里都明白，只不过嘴上不饶人。老朋友嘛，不过，即便互相常常碰头见个面的人，个个都说，大盟和李月，都多少年没见了。不晓得他俩变得怎么样了？”

“你不是见过李月了吗？”我插话道，“你觉得容貌上，她的变化大吗？”

“大。”

“很老相吗？”我暗吃一惊，“变丑了？”

“倒不是，”刘玉兰似在考虑措辞，“老，倒是不老。我只是感觉、感觉……”

“感觉什么？”她那么直爽的一个人，觉得难以启齿，是很少见的。

“感觉她的神情和当年比，变化很大……”刘玉兰用斩钉截铁的语气道，“我讲不清楚，这恐怕得由你作家来形容。所以呀，我今天电话通知你时间、地点，附带还有一个条件。”

我见她故意停顿了下来，便道：“你说。”

“也可以说是附带的要求。你们两口子呀，吃饭那天早点来，十点钟，先到我家中来，701，你们应该记得的。我有话对你们说。”刘玉兰说完，似故意等候着，我听清从手机里传来的她的喘息声。

吃饭就是拉场子方便见个面，还有什么需要注意的吗？我正想问，转念一想，去她家中一趟也好，我和妻，真的有好多好多年没去了。于是我说：“好吧。”

刘玉兰又“咯咯咯”欢快地笑了起来：“你这个‘统治阶级’，至今仍在压迫你家小王。我先给她说，她不敢答应，非要我给你通话。不过转念我想，你们能从乡下好到现在，大约就是这种不平等造成的吧。你知道吗？你出名后，有传言说你们早分手了，甚至还有人有鼻子有眼地编造说，你要去美国和一位女作家结婚了，后来我在一张报纸上看到你俩双双喜气洋洋荡秋千的照片，才知道那是谣言。”

还有这等事儿？我不想多作解释，只是说：“好吧，我们会准时。”

挂断电话，我的眼前浮现出耸立在马路转角上振华大楼的雄姿，还有刘玉兰家那间18平方米大小的房间。她家虽然只这一间屋，可就这一间屋，前后有大小阳台，还附带有厨房间、浴缸齐全的大卫生间，在曾经住房狭窄逼仄的上海普通市民中，她家的居住条件仍属于上档次的。

振华大楼是一幢远近闻名的公寓。有传闻说是20世纪20年代一位巨富建来送给他姨太太的。姨太太的艺名叫红花，在上海滩是出名的大美人，她的演技一般，就是貌美。尤其在闯荡大上海的一帮英、美、法、德的冒险家商人中，以“东方美人”著称。成了巨富的掌上明珠后，她吵着闹着要名分，生怕被人玩厌了遭到遗弃，巨富就以她艺名“红花”的谐音“鸿华”为名造起了这幢大楼，让她负责收取房租，当一个“二房东”，保证她一辈子的衣食无忧。那是坐享其成啊。当时传播甚广。

大楼是由法国设计师拿出的图纸，配备了20世纪20年代末上海滩最齐全最完整的居住设施。水、电、煤气、卫生、冬季的锅炉取暖，上下大楼的电梯根据100多套大小房间的方位，分成1、2、3、4四个进出上下的门洞。大楼内侧，是一个中央喷水池，围着喷水池蹲着的四只张嘴的青蛙口里，日日夜夜喷着水珠，喷向池中央的一位半裸体的美女雕塑，有人说她是欧洲皇室之母玛利亚，还有人说玛利亚没有这么美，这是爱神普绪赫。也有人说啥爱神啊，这恐怕就是设计师心目中的西方美女形象，说不定是设计师的情人。就如同在上海滩声名鹊起的犹太人设计师邬达克一样。十月革命以后，很多白俄贵族或坐船从黑龙江海拉尔口岸，或坐火车通过西伯利亚铁路，逃到中国来。老一辈的上海人都叫这些俄国人“罗宋难民”。穷得几乎在马路上乞讨的俄国难民，还被贬称为“罗宋瘪三”。只因他们喝的汤是罗宋汤，吃的面包叫罗宋面包。

不管这法国设计师是什么来路，但在法租界，上海人一般认为，鸿华公寓大楼，是堪称一流的高级住宅。比这幢大楼更高级的，只有花园别墅了。

大楼一造好，达官贵人、遗老遗少、腰缠万贯的寓公，顷刻工夫就把100多套房子租光了。让那艺名红花的姨太太赚了个够。有几套宽大的房子，甚至还住进了几个洋人大班。

1949年5月，上海解放了！新中国成立以后，先是听说姨太太红花早早地离开了大陆，有人说她带着一大笔钱去了美国，也有人传她没去那么远，是到了台湾，还有人说她就在挨着广州的香港，当起了阔太太。而所有的房客，不管是多么有身份的、在上海滩趾高气扬的，像约好了似的，几个月时间里，全搬走了。只剩下了几户真正的洋人，还在鸿华大楼里住了二三年。抗美援朝战争结束时，连这些人也都没了影子。据说他们并不是洋老板，只是在洋大人手下当差的高级职员。

鸿华公寓大楼回到了人民的怀抱，首先更名为振华大楼。然后人民政府的一些部、委、办、区、县、局的干部和少量的处级干部，住了进来。那时候统称“革命领导干部”，实行供给制。

刘玉兰的爸爸曾经是部队带兵打仗的团长，转到地方以后，当的是处长，在振华大楼里一批干部中间，级别是低的。况且他们只有刘玉兰一个独养女儿，所以只分配给她家701这么一小套公寓房。

701室是现在的叫法。洋人盖的楼，第一层叫底楼，第二层才叫一楼。

到振华大楼找103室的人，得坐电梯到二层，才能沿走廊走过去，找到103室。

如若觉得二层不高，也必须沿楼梯走上一层，才能如愿。

底楼的室号标识为 001、002、003……以此类推。

故而我们这些从小一起长大的伙伴，到刘玉兰家去，都知道她住在振华八楼上的 701 室。进了她家，会看到她家墙上挂着一张解放军带兵团长的照片，那模样颇为威武，特别是腰间别着的小手枪，配着皮枪套，令我们这些男孩肃然起敬。

我和妻走进振华大楼门洞，迎门看到电梯正巧降到底楼，铁杆网格门缓缓打开，从电梯中走出一位老年人，不慌不忙瞅了我们一眼，步履蹒跚地慢吞吞沿走廊行来。

我和妻相对望了一眼，没想到振华大楼的电梯，没有改装，仍在使用这种 20 世纪 20 年代上海的老式电梯。连电梯门上方标注楼层的数字，也仍在沿用希腊文的Ⅰ、Ⅱ、Ⅲ、Ⅳ……，同外滩地区一些大楼里的电梯一样。

我俩走进电梯，按了七楼键，网格折叠门缓缓拉开，关上，电梯启动了，慢吞吞地往上升去。逐层上去，都能清晰地看到每层楼道里的陈设。

妻说，碰到点急事，这电梯慢得急煞人。玉兰住在这老房子里，耐心也磨出来了。

我说，七八十年了，这大楼，包括这老式电梯，都属保护建筑。

上了八楼，我们沿着走廊在幽暗的光线中寻找 701。

走到门口，那扇暗红色的门还是我们读书时的老样子，门中间有个投送信件书报的横向小口，小口里侧装着活络铜板，我把手伸进小口，顶了几下盖着的铜板，铜板拍击着门，啪啪轻响。

刘玉兰的声音从里面传出来了："来了来了，你们还真准时。"

妻在一边小声揶揄着："你对她家还真熟悉呢，常来吗？"

"小时候常来，"我扫了妻一眼解释，"没想到一切还同那时候一样。"

妻小时候的家离振华大楼稍远，在新式石库门房子的常安邨里，下乡以后才认识刘玉兰。

"李月难得回上海一次，这次回来有一个目的很明确，就是要见她的初恋老情人齐大盟。"刚在刘玉兰家坐下，她把两杯茶放在我和妻面前，开门见山说着，就面对我们坐下，嘴角一动，青春时期的那个酒窝，又明显地显示出来，只是，酒窝不圆了，露出一条细纹。

"哦，"妻颇觉意外地应了一声，瞥了我一眼，问，"她跟你说了？"

刘玉兰食指朝上一点："吐露了一点，我看出来的。"

我端详着刘玉兰孤身一人的家，一张五尺的双人床铺得整整齐齐，床边放置一张红木的摇椅，平柜上放置着一台国产电视机，挨墙有一只玻璃柜，柜子里放着些她喜欢的小工艺品，好像有一块琉璃，闪烁着光芒。小玩意儿太多了，看不出来她有啥喜好，反而有点乱。

我追着她问："你的意思是……"

"我看她这愿望太强烈，怕真见了面，齐大盟记恨她当年甩手而去的往事，不理她。"刘玉兰终于说出了她的担心，她双手一摊，"那有多尴尬！"

看得出，她对吃这么一顿饭，挺上心的。通电话时，只闻其声，看不见言语神态，这会儿当面讲话，她这情绪太明显了。

妻斟酌着说："那么你说，我们从中能帮什么忙呢?"

从来都是事不关己、高高挂起的妻，对这事儿倒一反常态，很关心的。

我霎时明白过来，刘玉兰和妻通话时，一定透露过这层意思。

刘玉兰的手指向我："那得作家拿主意。"

"你们得把情况讲更清楚一些啊!"我说，"李月和齐大盟见面，究竟只是见个面，用这形式道个歉，取得大盟的理解呢，还是她另有什么想法?"

妻摇头。

刘玉兰皱起眉头："她也没对我明说，仿佛想和大盟重新修好似的。"

"重新修好?"我摇了摇头道，"那不太可能吧。她把美国那头的婚姻，置于何地? 你们原来不都说，她嫁得挺好的嘛! 我在想，她既有歉疚的心理，会不会是想利用经济上宽裕，对现在穷困潦倒、孑然一身的大盟有所补偿，但又怕大盟自尊心太强，不肯接受，闹得众人犯难，出现尴尬局面。"

"有这种可能吗? 玉兰。"妻吃不准。

刘玉兰抿着双唇道："我觉得这种可能性小。那样确有点尴尬，但我感到问题不大。我怕的是，一会儿大盟见了她，当场在餐桌上翻脸。"

我沉吟片刻，问玉兰："电话上你通知大盟，他怎么说?"

"一听是你请客，他算了算时间，当场答应了呀! 蛮爽快的，"刘玉兰道，"没啥异样。我告诉他，还有几位他都认识的同窗好友，他还很高兴，说，他和你见过一面的。"

"对的。"我承认，那一次，听说家具市场上来了一种独柜书橱，我去相中了。送货上门的时候，老板喊来了一辆黄鱼车，说我这独柜书橱不大，让黄鱼车送去吧。黄鱼车送货比小卡车进出弄堂、小区都要方便。结果把独柜送来的，就是齐大盟。他把独柜给我送上楼，拆开装好，干得熟练又快捷，进门职业性地穿上鞋套，安装独柜时地板上先铺好薄毯，以免弄脏了地板。我明白了，“曲线救国”回到上海以后，他暂时在干这类杂活糊口。我塞了一包熊猫烟给他，是应酬时人家送的。干完活我要付费，他不收，说老朋友了，我执意给他，他说送装个独柜，一包熊猫烟足以抵消了。妻在一旁也说：“该付酬的，你付出了劳动。”他这才收下。不过，他边干活边告诉我们，干些杂活的同时，他还凭自己的聪明才智，替有要求的人家设计装修房子，干些装饰活。日子过得还可以的。说真的，离开农村回到上海，我们和他，也就这么一次近距离的接触。这次他愿意来，我心里是欣然的，并在揣度，又有好几年了，不知他现在的情况如何？

“说真的，”刘玉兰黑白分明的双眼在我们脸上扫来扫去，不无忧心地说，“以往聚会，我安排定下来，心中是坦然的。这一次，我的心中有股隐隐的不安。”

妻不明白：“有什么可担心的呢？”

“我总觉得，李月难得回一次上海，愿望有点不着边际，神情变得不像李月了。”刘玉兰的语调是忧心忡忡的，“所以我让你俩早点来，一是陪陪我；二呢，我可给作家讲清楚了，餐桌上万一出现啥意外，你得兜着点儿。毕竟，众人，包括大盟，是看着你面子来的。”

我笑起来：“我有这么大面子啊！”

妻说：“我看你玉兰这种担心是多余的，上饭馆吃一顿饭，大家高兴高兴，享受这难得一聚的时光。即使以往有什么过节，都会隐忍着不说。”

“这样当然好啰!”刘玉兰说着,眉头又皱了起来,“我是琢磨不透李月的心思啊!”

“都是这把年纪的人了。”我也觉得刘玉兰的担心有些多余,劝她道,“不会闹啥大矛盾的,没有根本的利益冲突嘛!”

刘月兰带点固执地撅起嘴道:“我怎么觉得这顿饭会决定李月的命运走向。”

我很坦然地对她说:“明白了,你要给我们打这么个招呼,我们心中有数就行了。”

“是啊,”妻也跟着说,“你那宝贝女儿刘琳,最近怎么样?”

“她啊! 忙得欢呢,买股票认购证,她赚到了第一桶金,现在有空就出去看房子,买下一小套房子,不到半年就涨了!”刘玉兰一讲起她这女儿,满脸都是笑容,“我已经察觉了,我这女儿啊,就是有眼光。你说她有其他本事么,也没有。就是看准了的事敢干。你们说当时那认购证,推销到家里来,我也不买。她呢,把所有能凑到的钱,都买了。还有房子,好多人连住着的房子都不想买下来,她不但鼓动我买,还得空就钻售楼处,真赚了不少钱。惹得她那些小姐妹眼红。”

妻夸她:“这么能干的女儿,你算是养着了。”

刘玉兰不无自得地一仰脸:“我这么个小老太婆,这辈子就靠她了。”

妻又嗔怪她:“刚刚人到中年,走出去风韵犹存呢! 怎么是老太婆了?”

“你讲的是自己吧! 怪不得作家和你形影不离哩!”

“说正经的,玉兰,嗳,上次你电话里给我提起的,人家硬拉你去见的那男子，有下文吗？”

“就那么见一次面，又没感情基础，哪会成啊！”

“又是你瞧不上人家呗！”

“嘿嘿嘿，嗳，我警告你，到了饭桌上，你可不要给大伙儿提这话题。”

“行，遵命，玉兰。我听你的。”

她俩在斗嘴，我端起杯子喝茶。脑子里思索齐大盟和李月这对男女的关系。要说当年在乡村里当知青，他俩是很般配的；可现在，半辈子过去，一个留在上海漂着，收入不高，住在家长留给他的一个几乎亭子间大小的房间里；而去了美国的李月呢，身居高位，都说她的收入，上海一般工薪阶层干一年，还不及她一个月的薪水。具体多少，虽然年轻时代都是无话不说的伙伴，到了今天，我们也都不便开口问的。不过妻和其他姐妹聊起来，她们都说她是个富婆了。社会地位悬殊太大了，她和齐大盟之间，还会有共同语言吗？

我们三人又剥了刘玉兰拿出来的两只柚子，分吃了以后，过了11点。妻提醒说，是以我们夫妇的名义请的，又是热心的玉兰一个个打的电话，我们早点过去，把菜点起来。

步行去饭馆的路上，刘玉兰指着正对着振华大楼的两幢大楼介绍说，咖啡色外墙的这幢楼，是有名的“鸭棚”……

我吃了一惊：“这么漂亮的楼里，养鸭子？”

刘玉兰朝妻眨眨眼，顾自指着旁边一幢橘黄色的楼道：“这幢也被叫作‘鸡舍’。我说你们两口子不食人间烟火吧，连远近闻名的‘鸭棚’和‘鸡舍’都不知道。”

她用揶揄的语气一说，我有点醒悟过来：“哦。真正没想到，上海还有这种地方。”

“怎么会没有啊，当代的恋爱婚姻状况，真的是一团糟。离婚率高得离谱，你去打听打听，有个高科技公司的中层干部，40 上下的女性，几乎全军覆灭……”刘玉兰边走边说。

我又忍不住插话：“什么全军覆灭？”

“像我这样，都离了呀！”刘玉兰手指点着我，对妻说，“你看看你的这位先生，简直像世外桃源来的。”

妻说：“他呀！高高在上，上下班公家配了车，今天过来坐地铁，不是我带着他，他还不知地铁怎么坐呢！”

刘玉兰不客气地直指着我的脸：“我真为你担心，如此脱离实际，你的小说怎么写出来的？”

我笑：“所以要你给我多讲讲啊！认输，认输，在你们俩面前，我认输。”

刘玉兰订的餐馆叫“上海老味道”，在一条浅浅的短弄堂里面，原来是一幢别墅，有眼光的投资客花好几千万买了下来，改造成一家餐馆，专营上海菜。花那么多钱，只为开一家餐馆，几千万赚得回来吗？刘玉兰自言自语地问着，接着道：人家投资客有眼光，他在上海近郊的新楼房普遍只卖二三十万一幢时，就花钱买了一二十套，然后把挤在别墅里那些“72 家”房客般的住户一家一家谈妥了，让他们高高兴兴搬了出去。所有住户搬走了。投资客把整个别墅用纤维布包起来，拆个精光！然后原封原样盖了一幢别墅。餐馆开出来，很受附近居民欢迎，味道是大家熟悉的，烹饪得比一般家庭好，市场上时兴什么，餐馆就及时供应什么，关键是价格适中，屈指可数的几个包房，必须预先订好。投资客有眼光、有思路啊！他的别墅一盖好，在这个地段，估值就一个多亿！餐馆只是开着玩玩的，凭这别墅，投资客就已经赚大了！李月说她难得回来，顺带想完成一个任务，就是要尝尝各种风味的上海菜，杏花楼、绿杨邨、扬州饭店、梅龙镇，甚至锦江饭店、国际饭店，她都想去尝一尝。这家上海老味道，是创新上海菜，我就擅自订在这里，大家坐地铁过来也方便。

看来刘玉兰是这家餐馆的常客，老饭店里名扬上海滩的几道名菜，她都点了，冷菜中的糟钵斗，日本客人最喜欢的金牌八宝鸭、红烧河鳗，还有非要候季节才有的青鱼秃肺——被誉为状如黄金、嫩如脑髓、卤汁浓郁芳香、入口即化的绝版菜肴，在这家别墅餐馆中，做出来的味道几乎可以同城隍庙老饭店媲美。

都是知根知底的老朋友，不少人既是小学同学，又进同一所中学，后来还命运相同，碰到了上山下乡“一片红”，到祖国的天南地北去务过农，“大返城”时纷纷寻找各种途径回了城，临近世纪之交，有这么一次团聚，尽管各人有各人的工作岗位，各自有各自的烦恼，但这次小聚，没任何负担，每一个人都是乘兴而来。尤其是可以同出国多年的李月相见，几个对美国感兴趣的伙伴，还带了些问题向她打听哩！

李月的身影刚在大门外一闪从旋转门里进来时，两条手臂奇长的百货公司营业员王奇就俯下身子，双手抓着桌沿，用兴奋而压低了的嗓门对众人道：“来了！双手都提了东西哪。”

一桌人不约而同地闭了嘴，从不同的角度朝餐厅门口望去。唯独大盟坐在位置上，没有侧转脸去。

我访美路过纽约时，和李月是见过一面的，只见李月从旋转门里一进来，顿时似乎给这别墅餐厅增了色。她显得亭亭玉立，雍容华贵，一身质地考究的中年女性的深色服饰，让敏感的当年伙伴们顿时觉得，她是从海外归来的，打扮得就是和餐厅里所有的女子不同。

“李月来了！”刘玉兰离座起身，快步迎上去，接过她手中那只古驰提包，故意有些张扬地责备她：“吃个饭，你带什么东西啊！现在的上海，啥都有！”

“哎呀！老同学们难得见个面，表示个心意。”李月淡淡地笑着，俏丽的脸庞上带着谦逊的神情，说话间，已经走近我们围坐着的屏风隔间，她把手里还提着的 LV 包放在桌面上，目光一一地掠过围着圆桌而坐的老伙伴们，嘴里提高了声气和众人打招呼：“你们好呀！”

大家也都声音有高有低地和她招呼。王奇把他的长胳膊举得高高的，说：“李月，你的身影只在门口一闪，我就把你认出来了。哈哈，我的眼力不错吧？”

“刚一见面，你就拍李月马屁啊！”头发梳得溜溜齐，五短身材，壮壮实实的机械厂下岗工人张国庆调侃王奇：“是不是听说李月发了，有意讨好她啊！”

文质彬彬的电视台摄影师于海鹰笑着举起手中的相机，一边校着镜头，一边出其不意地朝着李月和与她同站着的刘玉兰连续地按下快门，嘴里还在说：“别看都人到中年，我们这拨女士，个个是美女啊！”

在商贸公司工作的孔维维端坐在位置上，连名带姓地责备道：“于海鹰，你这多没礼貌啊！才见面，就朝着女士一阵乱拍！”

于海鹰搁下相机，笑嘻嘻地对孔维维道：“孔大经理，我听说你最近由副转正，当上总经理了。我这是职业习惯，从早到晚带着摄影器材。要不要也给你来上几张?”

话刚落音,举起相机就对准了孔维维。

孔维维化了淡妆的丰腴脸颊上顿时浮起了红晕,连连摆着纤长的手掌道:“不要、不要,你这人……”

哪晓得于海鹰真有股不屈不挠的劲头,一边连续按着快门,一边道:“好啊好啊!你这模样才生动呢。演员演戏都演不出来。”

“好了好了,你们别光顾着热闹了!”一双灵动的眼睛在镜片后面滴溜溜转的高宏滨有些不耐地说,“人家客人还没说话呢!”

说着,他的眼角瞥了李月一眼。

我留神看,李月始终眯眯含笑地听着每个人说话,谁开了口,她的目光就朝谁掠过去。唯独不往不声不响坐着的大盟那边望。

“刘玉兰的脸都拉下来了,”张国庆提醒似的对大伙儿说,“听听玉兰的吧。”

围桌而坐的男女都不吭气儿了。大家都朝站在李月身旁的刘玉兰望,同时也瞧着李月。李月自始至终笔挺地站着,脸上挂着礼貌的、亲切的笑容。

刘玉兰脸上一侧的那个酒窝显出来了,道:“高宏滨说得对,远道而来的客人都没说话呢!你们仗着自己当年同李月一起长大、读书、下乡,就这么放肆地乱说一气啊!也不看看场合,真是的。李月,来,这回该你说了!”

李月脸上的笑容显得更动人了,她双手扶着桌面上的 LV 包,又一次环顾了众人一眼,不慌不忙地打开拉链,从中取出三盒美国产的化妆品倩碧,放在桌子上说:“三位女士,我给你们一人带了一盒化妆品,玉兰,麻烦你递给维维和作家夫人。男士嘛,我实在想不出什么礼品可送,听说国内的男士都兴抽‘万宝路’香烟,就带了一条，拆开以后你们一人取两包。作家呢，插队当知青时就不抽烟，你的职业是写作，上次在美国见你，你说仍在用笔写，我给你带了一支‘派克’，希望你写出更出色的作品。”

说着，她大睁着一对仍然如年轻时那么媚人的眼睛，瞅了我一眼，把“派克”笔盒子递了过来。

我恭了一下身子，说了一声谢谢。起身收下了她的派克笔。虽然没打开笔盒细看，我知道，李月买的，准是金笔!

“哈!”王奇又叫起来，“作家最划算，我听说一支派克，几千块钱了。你请这一次客，值了。”

妻当即驳斥道：“王奇，你年轻时就口无遮拦。我们答应出面请客时，根本没想到李月这么客气，会给大伙儿送贵重的见面礼。”

“是啊是啊，王奇你别瞎咋呼了，”刘玉兰显然不想在这话题上纠缠，挥了挥手道，“时间还早，我们坐下先聊聊，过会儿我再通知他们上菜。坐啊！李月，别老站着。”

说着她扯一下李月的衣袖，还给李月扶了扶椅背。

李月微笑着坐下，顺手把LV包也从桌面上拿下来。

高宏滨斯文地扶了一下他的眼镜，赞同地道：“这年头，不是我们乡下刚回来那两年了，嘴馋得什么都想吃。现在啊，吃饭只是个形式，主要是碰个头，叙叙旧，联络联络感情。”

“那是你，宏滨，你淘古董发了财，吃饭只是形式!”张国庆习惯地抚摸了一下他贴着鬓角的头发，“像我下岗以后，几乎没进过饭店。玉兰通知以后，我盼这顿饭盼好久了!”

刘玉兰被他的话逗得笑出了声：“那一会儿你多吃点，国庆。不过，我看你下岗以后，体形更胖更壮实了!”

“没办法嘛!”张国庆双手一摊，“吃饱了饭，无所事事，只好睡觉。”

孔维维插话表示不满了：“瞧你们，只顾自己讲自己的，客人都插不上嘴了。”说着，她瞟了李月一眼，抿嘴笑了笑，又不无含意地扫了大盟一眼。

李月笑道：“没关系。说什么我都要听，听来觉得每一句话都亲切。你们这些年的情况都好吧？”

刘玉兰第一个响应她的询问，道：“我的情况已经和你说了，我把刘琳她爸一脚蹬了，其他人，多少有些变化的。像张国庆，从乡下回来，进的是全民所有制企业，当年我们都说他是最好的单位，现在一改制，拿下岗工资了。还有……”

刘玉兰环顾了众人一眼，干脆地一挥手说：“我不包办代替了，你们自己说吧。来，宏滨，你带个头。”

“好吧，玉兰点名了，我就给远道回来的李月和难得见面的作家汇报一下。”高宏滨白净的脸上浮着笑容，呷了一口面前的茶水，笃悠悠的语气显得颇为自信地道，“我的情况和国庆相似，同样在国企下岗了，说真的，刚刚失去工作那两个月，老婆和我闹，我又没点收入，只能借酒浇愁啊！没钱，我的酒量又大，只能买那种度数高又便宜的白酒。喝醉了就呼呼大睡，闹得老婆晚上不要我上床，赶我睡地铺和沙发，连平时和我话很多的女儿，都像不认识似的斜眼看我。说真的，李月，走投无路时，我听说你在美国开了公司，都想跑到纽约来，找你帮忙了……”

李月嫣然一笑：“那你怎么没来呢？”

“嗨，想法是想法，哪里有这种条件和机会啊，再说，申请、签证、托关系、找门路，”高宏滨连连摆着手道，“没几万块钱，是出不去的。咳，也是天无绝人之路，闲极无聊时，我逛来逛去走进了古玩市场,市中心的城隍庙、福州路,靠近肇嘉浜路的云洲商厦,我成了常客。先是光用耳朵听,竟然听到了好几个版本的靠买进卖出发了财的故事。作家,你真该也去逛逛……”

说到这里,高宏滨颇有深意地扶了一下他的眼镜,这会儿我注意到,他镜片后面的双眼灼灼,盯住了我。而且他那副镜架,不是一般的镀铜,而是金质的。我向他点头:“以后先听你讲讲。”

“好啊!”他爽朗地干咳了一声道,“我的心被那些发财故事逗得痒痒的,也试探性地花钱买点小东西投资了……”

“有啥诀窍呢?”张国庆的双眼睁得溜圆,盯住高宏滨。

“我对古玩收藏一窍不通。”高宏滨坦率地说,“我只坚守一条原则,我买进的物件,必须是讨我喜欢的、好玩的,或者好看的。”

对商品略知底细的王奇忍不住问:“那你怎么判断那东西价值呢?”

“那好办啊,”高宏滨确实有他的一套,“我准备买了,我就把那讨人喜欢的玩意儿拿在手里,轻轻地、细细地抚摸,一摸,那感觉就出来了呗!”

张国庆听得只觉莫名其妙,眼睛瞪得老大说:“我越听越糊涂了,你讲那么玄。”

高宏滨离座起身,走到靠墙一张椅子前,拿起自己带来的包,又走回来坐下道:“跟你们也讲不清楚。我举一个例子吧。”

说着,他从帆布提包里取出土黄色皮纸包着的一只青瓷碗,小心翼翼地放在桌面的餐布上。

众人的目光都投射到这只碗上。

我也定睛望去,只见这碗的造型和我们生活中惯常见的碗形状都不一样。瓷色光亮鉴人,无论是碗沿、碗底的线条都很圆润光洁，看上去令人顿生爱不释手之感。

刘玉兰不屑地说："不就是一只碗吗，你别卖关子了，快说。"

李月却气定神闲地说："让高宏滨慢慢讲，不要催他。"

高宏滨淡淡一笑道："这只碗是有人从香港拍卖行 30 万港币拍回来的。在家里放了 8 年，要转手卖掉，我花 45 万人民币拍到的……"

"什么什么，高宏滨，你现在'立升'这么大了？就这样一只碗，"张国庆离座激动地绕着桌子走了个来回，指着桌子上的碗道，"你竟舍得花 45 万巨款？"

张国庆惊讶得两只眼睛几乎弹出眼眶，连连摇着头。

高宏滨淡然一笑，轻描淡写地说："不瞒你们几位从小跟我一起光屁股长大的，我今天带着它，是吃过这顿饭，就要到贵都大酒店去，有一位买主愿意出 65 万购买这只碗。事前，文字说明、鉴定证书、实物照片，我都发给他看过了。今天下午，买主带着他的鉴定师前来过目之后，就办理手续。"

张国庆左右晃着脑袋，震惊地用手指点了一下高宏滨道："你这家伙，发了、发了！是发大财了。搞大了呀！作家，这顿饭应该高宏滨买单，你爬格子，稿费没他这么赚得多吧！"

"当然、当然。"我连声应是。

高宏滨一边细心地捧着碗，拿皮纸将它包起来，往帆布袋里放，一边爽快道："没问题啊，我买单。"

"你别打横炮，你要买单，下一次，我负责替你约人。"刘玉兰插进话来，"今天这顿饭，有人买单了。"

"我赞同，"摄影师于海鹰的目光从相机镜头上抬起来，望着高宏滨道，"宏滨，今天你这碗成交以后，告诉我一下，我把照片拍下来了，以后补一段文字在照片下面。”

“没问题，”高宏滨一口答应，“你要在电视收藏栏目播出，我都没意见。”

于海鹰谦虚地笑着：“我只是摄影师，没那么大权力；不过我倒是可以给栏目编导介绍推荐一下。”

“那我先谢谢你了，”高宏滨离座站起来，郑重其事朝着于海鹰鞠了一躬，“拜托了。”

“这家伙！”王奇长长的手臂点了点高宏滨，道，“钱赚多了，也想像作家一样，挣名声了！”

“名望很重要啊，收藏发烧友、票友，和收藏家完全是两种档次啊！”高宏滨的双眼扫到李月的笑脸上，“李月，你见多识广，你说是不是？”

“是的、是的。你很成功，可以说是另辟捷径的成功人士。”李月连连颔首，赞同地道，“那么其他人呢，情况都还好吧？”

“好什么呀！我是下岗工人，”张国庆沮丧地道，“街道居委会关心，给我介绍些保安、值夜班的活。”

王奇晃动着两条长手臂道：“我呢，比上不足，比下有余。当个国营百货公司的柜台组长，每月收入是固定的、稳当的，但也就这么多。过一份小民百姓太太平平的日子，一年到头围着柴米油盐转。”

“嘿嘿嘿，”于海鹰没说话先笑了，道，“我和王奇差不多，忙碌琐碎一点，就是出差多，接触的人多，台里让拍啥，我就拍啥。好在这是我从小喜欢的，也就乐此不疲。业余时间拍点照片，录点像……”

“油水总是有的吧？”张国庆插话问。

于海鹰一怔说:“有,多少有一点。好在是见者有份,头头收了,我们也收。头头代收以后,我们参与拍摄的人都有一份。我们这帮人啊,除了作家勤奋努力,其他几个混得都不如女生。女生个个比我们强。你李月是其中最出挑的。”

说着,于海鹰颇有意味地瞅了大盟一眼。我的心里隐隐有数了,刘玉兰在通话时,可能提醒过所有人,大家说笑之间,都有意无意回避着大盟和李月的关系。

“作家的情况我了解,在美国的华文报纸上读过。”李月接过话头道,“维维,那你说说吧,听说你干得很好。”

我的目光随着李月的提示,望向孔维维。孔维维是个皮肤白皙的中年女子,这些年事业上顺风顺水,家庭方面也没听说她有啥波澜,保养得好,又加上为这次聚会专门焗了油,化妆也到位,显得容光焕发,干练而不失女性的淡雅。

听到李月的话,孔维维朝众人莞尔一笑道:“李月我和你不一样,你是为自己的公司干,我呢,是替国企打工。可能是看我管理上有些章法吧,先是让我干了几年总经理助理,后来提副总,在这个位置上又干了8年,就像他们说的,前不久转正了。”

“你是多年媳妇熬成婆了,不容易啊!佩服、佩服!”张国庆连声说。

刘玉兰也附和着:“能干就是能干罢!你也不要在老同学、老伙伴群里谦虚了。大家都为你高兴。嗳,我通知你时,你不是说有什么问题要问问李月吗?问啊!”

“噢,对了,”孔维维双眼望着李月,微蹙着眉说,“我那宝贝女儿,高中快毕业了。现在上海社会上,兴什么没在国内读完大学,直接把孩子送往美国、英国、法国去深造,说没有必要在国内读完大学，再到美国又进大学读书。李月，你最有发言权了，你说说，是把孩子直接送去呢？还是让她在国内读完大学，更成熟一些再去？”

李月淡淡一笑，反问：“你们两口子是怎么商量的？”

“我们委决不下呀！好像周围不少人都在把孩子早早送出去。”孔维维不无愁绪地道，“我那口子啊，比我还舍不得女儿。他没啥大本事，可对女儿啊，照顾得可上心了。他直截了当对我说，他舍不得女儿小小年纪就去异国他乡吃苦。”

“我没接触过你女儿，”李月放缓了语速，斟酌着道，“我周围，确实也有这样的情况，甚至还有家长拜托我，顺便照应一下小孩。我只有苦笑着给这些家长说实话，说我的儿子是在美国长大的，我都没办法教育好，还有什么资格去管朋友亲戚的子女？这事儿，要我看啊，还是等你女儿更成熟一些，再去吧。当然，这只是我的建议。”

孔维维点头道谢：“谢谢你，我明白了。”

在她俩对话探讨孩子前途时，我注意到，双手捧着菜谱浏览的大盟，始终聚精会神地倾听着，不过，他的目光更多地停留在孔维维这边，只是偶尔瞥一下李月。即便是一瞥，我察觉到，李月仍然是有感觉的。

王奇晃动着长长的手臂对孔维维道：“总经理，你这话题扯到晚上都不会有结论，我也听到过。我建议该开饭了。”

说着，他望向我这个名义上的东道主，我朝他努努嘴，示意让玉兰表态。王奇又朝着刘玉兰嚷嚷：“玉兰，你通知上菜吧！”

“行，”刘玉兰一口答应，站起身来道，“我的情况大家都知道，就不说了。作家夫人嘛，就是个贤妻良母，也没啥大变化，只不过有一点可以说说，她始终是个普通工人，一到50岁就早早退休了。这年头，不利用作家的关系，换一个岗位，值得表扬。”

说着，愤愤地瞪了我一眼。

我连忙申明：“这不怪我，作家协会的领导，也曾关心过她这事儿，她婉辞了。”

众人的目光都移向妻。妻淡淡笑着，什么话也不说。

刘玉兰挥着手离座而起，疾步走向屏风外面，朗声招呼着：“服务员，服务员，给我们这一桌上菜。”

李月把她带来的那只LV包又放到桌面上，取出两瓶葡萄酒，一瓶是红葡萄酒，一瓶是白葡萄酒。她谦虚地说：“我知道国内现在葡萄酒很普遍，不过这两瓶酒，是我从美国带回来的，94年酿的，喝酒的人都说好。每个人尝一点，也算是我的心意。我知道有的男生爱喝白酒，每人品一品，再喝白酒也不迟。”

妻接着说：“白酒我们带了，是土酒，贵州山乡里产的。”

王奇又一次伸出长长的手臂道：“你也向李月学习，把酒拿出来呀！”

张国庆带点喜色地拍着巴掌说：“啥土酒？贵州人说的土酒，就是茅台酒。”

于海鹰说：“没错，我去过贵州拍片，土酒就是茅台。作家家里拿出来的，不会假。”

我只得笑说：“是茅台，外面买不到的，七两五一瓶。”

妻从包里取出比市场上销售的茅台略小一些的茅台酒说：“这是他去茅台酒厂采访，要写篇散文，厂里送的礼品酒。”

众人接过从李月手里传过来的两瓶葡萄酒，和妻拿出的茅台酒，纷纷传看着。

七两五的茅台酒，比市售茅台略小一些。包装几乎一样。唯瓶身上有三个大字：非卖品。证明了这确是我作客茅台时，厂方送的。

我时不时关注着齐大盟，自始至终，他平静地坐在那里，淡淡地和每一个不太经常碰头的熟人打声招呼，简短地说几句话，声音很轻，神情平和。看来，刘玉兰担心的，见到李月，他就会抽身离去或沉下脸来的情况，是不会发生了。

李月则显出一点拘谨，那种神情比我和她在美国相遇时还不自在，仿佛在等待检察官、法官的讯问一般。

冷盘上齐之后，酒斟进杯里，李月说了一句："照规矩，先品白葡萄酒，再尝红葡萄酒。白葡萄是开胃酒。"

众人都说稍稍尝一点，刘玉兰把一瓶酒斟到最后，斟给齐大盟。齐大盟拿起高脚酒杯，见刘玉兰只斟了一半，就催促她："倒满倒满，你怎么这样小气。"

刘玉兰斜他一眼道："每个人只斟三分之一杯，给你的已经够多了。"

"这点酒算啥，你倒满呀！"齐大盟有点不悦了，"又不是你的酒。"眼睛却不望李月。

刘玉兰也恼了，把瓶子中的酒通通斟给了他。

齐大盟接酒凑到嘴边，似品酒般张开嘴，遂而豪放地慢慢举起杯底，一口把满满一大杯白葡萄酒灌进嘴里。

餐桌上安静下来，众人从圆桌边的不同角度瞅着他。似从他如此豪饮之举，看出了一些什么，想起了一些什么。谁都知道，齐大盟和李月两人在乡下的那段往事。如果说那是恋爱，那就是当年的乡村爱情。

刘玉兰尖声嚷嚷:“后面还有很多好小菜呢,不是叫你只喝酒啊！这张桌上,除了大收藏家高宏滨有点酒量,谁都不会和你争酒喝。”

高宏滨斯文地扶了扶他的眼镜架说:“尽他喝,尽他喝。”

孔维维微笑着把手晃晃道:“他喜欢,就尽他喝,我也带了两瓶葡萄酒来呢!”

我说了一句圆场子的话:“玉兰说得对,上海老味道,代表性佳肴以江鲜、海鲜、河鲜、湖鲜四鲜出名,每道菜都要细品、细尝。来、来,我们一起尝起来,尝尝。”

齐大盟似乎没听见众人的话,只把眼睛盯着刘玉兰道:“倒酒啊,你不是负责招呼嘛!”

“馋佬胚!”刘玉兰斥责着他,把服务员打开的红葡萄酒,给大盟斟了三分之一。

齐大盟嫌少:“再加一点。”

刘玉兰只给他加了一小点,说:“还有茅台呢！你不想喝了?不想喝,我们这些人把七两酒分光。我也馋茅台呢。”

妻只得道实话:“喝吧,我们带了两瓶。”

齐大盟又逮到理了,睁大眼对刘玉兰道:“你听听,人家想得周到。”

妻又指着我道:“他又不喝酒,放在家里也没什么用。”

王奇道:“那是你丈夫当了作家,不求人。像我等小民百姓,凡事要求人,当礼品送,这可是贵重礼品。”

张国庆摸了摸他梳得溜齐的头发,说:“是啊是啊！没听人家在说,茅台、五粮液都是腐败酒。”

于海鹰在替我说话:“这酒是非卖品,不属于腐败之列。”从小他的两个肩膀一边高一边低。

高宏滨道："这七两五的茅台瓶子，我还是第一次见，酒喝完了，瓶子我带回去。"

妻马上道："好的好的，两瓶都喝完，两只瓶子都给你。"

话题扯开了，餐桌上的气氛热烈起来。本来就是知根知底的老熟人，现在又都不在一个单位，没有根本的利益冲突。菜吃得快，酒也喝得快。我还是第一次知道，原本那么熟悉的大盟，如今酒量大得惊人。抑或他本来就有酒量，只是插队当知青时穷，没钱买酒喝。还有于海鹰，长着一副文质彬彬的模样，他自己说，白酒不超过半斤，他不会醉。王奇和国庆，多少都能喝一点。开第二瓶茅台时，我示意妻，可以出去买单了。

妻出去了一小会儿，就回来了，对我说："单已经有人先买了。"说着环顾众人。

高宏滨随即道："不是说作家请客么，怎么有人抢着买单了？要说请客，我更应该买单的，这几年我多少发了点小财吧。"他这话说得颇有底气。

玉兰笑起来，干脆道出真相："那一定是李月抢了先。"

我的目光凝定在李月脸上。不知为啥，李月瞬间红了脸，淡淡一笑道："去美国多年，难得回一次国，今天见到大家，心里高兴，再说我这些年经济上比较宽裕，应该请请你们。"

高宏滨手一举，道："那好，还是今天这一桌人，也让我请请你们，我虽没有发大财，给老朋友们买一次单，这点钱还是有的。"

"那好啊！"从小喜欢把头发梳得溜溜齐的张国庆借着酒兴大叫，"也让我下岗工人，上上馆子。"

只顾埋头喝酒，很少说话的大盟突然对着隔座的李月道："你走的时候，不是说永远也不回来了嘛！你应该请。”

“嗳嗳，回来是好事嘛！”刘玉兰马上圆场，“李月你别往心里去，大盟今天是喝多了。”

我看得分明，李月听大盟开腔说话，先是一怔，继而只是羞涩地一笑，装作没听清。

妻趁服务员送上点心拉糕时，示意我看一下手机。

服务员指着拉糕，特意介绍说：“这是我们点心师专门学习老饭店的一道名点心，每人一块。克林顿总统访问上海时，吃了一块，问能不能再来一块，说明他喜欢这道点心。你们看，虽是糯米做的，但是它既不粘筷子，又不粘盘子。入口以后，又香又糯又软又甜，我们这里不能添，每人只有一块。”

服务员详细介绍拉糕时，我看了一眼手机，妻转给我的短信是玉兰发的，她说吃完饭，李月要请我们两口子和刘玉兰一起，喝咖啡细聊。

众人品尝着拉糕，纷纷叫好时，我对妻说，答应她吧。

妻转过脸瞅我一眼，表示明白了。

三

刘玉兰建议去坐一坐的咖啡馆距离“上海老味道”不远，转一个弯就到。妻在转弯的马路口对我们三人说，姐姐从成都来了，她得去陪大姐上医院复查，不能和李月喝咖啡细聊了，欢迎她得空去家里坐一坐，说着就匆匆向地铁口走去。

我瞅着玉兰和李月疑惑的目光，解释说：“外地医院检查出大姐得的是癌，大姐身体没甚反应，害怕误诊。我们联系了上海医院复查，她得陪去。”

玉兰表示理解，而且说，确实时常有误诊的，特别是癌症，还有人连查三个不同的医院哩！

李月显然稍觉诧异，但她抿着嘴，没说什么。到了咖啡馆门口，刘玉兰说：“女儿刘琳交了个男朋友，已有了身孕，准备抓紧办喜事了，今天下午约了双方家长见面，我也不陪你俩坐了，李月你有话逮着机会抓紧对作家说，他是大忙人。我们都在上海，约他一次也不容易。”说声抱歉，她也急急忙忙地转身往振华大楼方向走去。

李月瞅了一眼她的背影，自嘲地说：“生活的脚步从来没有停息，都是大忙人啊！谢谢你赏光，请吧，我们进去坐一坐。”

“是啊！”我边和她交谈，边走进陈设雅致、客人并不多的咖啡馆。“人到中年，手上都有一摊子事。”刘琳和男友同居没办过婚酒，我知晓。领座的小姐把我们带到一个舒适安逸的小包房内，相对坐下，顺手把餐单递过来，李月主动接过，翻着看，抬头问我："你喝哪一种咖啡？"

"就点卡布基诺吧。"我叫得出名字的就两三种，"加一杯柠檬水。"

其实，喝咖啡只是形式，刚饱饱地吃完一餐，并不想喝。"李月，吃饭你已经买了单，这个由我来吧。"我补充了一句。

她抬眼笑道："我的收入，总比你们两口子高点。还是我请，再说，是我提议来这里坐坐的。"

她表示和我喝一样的，小姐退出去了。我坐在位置上，端详着李月，正像刘玉兰说的，乍眼看她，没啥大的变化，衣食无忧的生活，宽裕的生活条件，加上一身得体的打扮，使她看上去比一般的上海中年女子都有风度和气质。可细细凝视，还是能看出，她端庄的脸上有一股深奥莫测的神情。

青年时代，李月就是一个相貌出色的姑娘，加上她和大盟公开的恋爱关系，在整个公社几十个女知青里，她算是一个名人。赶场天，一帮上海女知青相约着去街上玩，无论是男知青，还是山乡里的农民、街上的干部，一眼就能在姑娘群里认出她来。不是说她最美，那年头像山乡的农民们说的，你们上海姑娘啊，一个比一个漂亮。有的长相洋气，有的皮肤那个白啊，有的脸上那双眼睛，能把人的魂勾走。李月不是那种五官无可挑剔的女孩，但她浑身上下的神情举止，和一般姑娘都不同。她的目光活泼灵动，但只要平静下来，眼睛里总有种执拗的神情，让她显得和其他上海姑娘都不一样。她笑起来时，人们争着想和她说话。一旦她沉下脸来，谁都会有意无意地回避她。人们和她打交道，不知道她心里真正在想什么，也不能从她说出的话里，弄清楚她想达到什么目的。都知道她是大盟的对象，连老乡都说，齐大盟为她一辈子当牛做马也值了。

另一边，齐大盟对李月的好，在我们这拨同时代伙伴中，同样是人人称道的。一些女知青说，嫁个齐大盟这样的男人，这辈子是穷是富，都不去管了。

故而后来李月甩了齐大盟，在我们这伙男男女女中，引起的震惊是巨大的、持久的。只要提起两人中一个的名字，谁都会又来发一阵议论，遂而问，他们后来怎么样了？直到各自成了家，碰面的机会少了，这事儿才逐渐逐渐平息下去。

没有人和远赴美国的李月有什么联系。所有关于李月的信息，都是听刘玉兰说的。只因刘玉兰现在仍住的振华大楼里，出了一个同样轰动一时的女演员，女演员趁去美国访问演出途中，消失得无影无踪。整个剧团回到上海以后，对外宣称的是“滞留异国”，没有像以往那样说她是“背叛祖国”，是“叛徒”。内部传达时说剧团领导和出访领队回来后都写了检讨，作了深刻的检查。

半年之后，有海外华人报纸上刊登了，私自滞留美国的女演员竟然在华界的剧团里任了主角，登台演出，受到新老华侨的欢迎云云。不过，国内媒体未作任何报道，所说的圈内人士不知是真是假，也没人多传。但这女演员的亲妹妹也住在振华大楼里，她的名字只和滞留美国的姐姐差一个字。据说，妹妹和姐姐是有联系的，刘玉兰的信息，是亲妹妹那儿听来的。女演员在美国华埠演出之后，竟然同李月相遇，知道李月在经商，做得颇为成功。李月的丈夫在华埠也算一个名人，两人生了个乖儿子。总之，一切都很好。

刘玉兰悄悄把从亲妹妹那儿听到的消息，陆陆续续传给我们这拨人听的时候，大家相信这一切都是真的。可对比留在上海的齐大盟的情况，众人就愤愤不平了。今天被玉兰约来聚会的下岗工人张国庆、百货店营业员王奇、电视台的于海鹰，还有在收藏圈里混得风生水起、发了财的高宏滨，都咒骂过李月。说她对待齐大盟一甩了之的态度，是“最毒不过妇人心”，是“良心被狗吃了”“深不可测”……刘玉兰电话一约，他们二话没说都来了，就是听说玉兰还约了齐大盟，他们争着想看看这两人久别重逢，会是个什么情形。

幸好，大盟只是喝酒上表现得有些失态，没有借酒撒疯。

李月仰起脸，睁大一对有些不安的眼睛，浅浅一笑道：“你这样看着我，看得我心里发毛啊。”

“我没恶意啊，”我申辩道，“久未相见，我在揣度你葫芦里卖的什么药。”

“你真要听？”

“是啊。”

“听我的真心话？”见我默默点头，她瞟我一眼，“那好，你这么直截了当，我也不掩不藏了。”李月往前倾了倾上身，用真诚的语气道：“我想同齐大盟恢复当年的感情，我……不瞒你说，这念头搅得我惴惴不安，多少个夜晚没睡踏实了……”

说老实话，李月的声气虽然压得低低的，可在我听来，不啻是晴天霹雳。我凝神看她，她蹙着眉，眉心紧紧揪在一起，眼里闪烁着泪光，胸脯也由于激动而起伏着，连喘息声里都透着颤抖：“你说，有这可能吗？”她的语气是真诚的。

我镇定着自己，放缓了语气道：“大盟的近况，你了解吗？”

“了解。”她直了直身子，正要往下说，小姐送咖啡和柠檬水来了。

李月对小姐说:“谢谢,我们不再叫你,你不用进来了。”

小姐躬了一下身子,退出了小包房,并轻轻掩上了门。

李月用不锈钢小匙搅着杯中的咖啡,放慢了语速道:“不瞒你讲,我去齐大盟的住处看过。”

我不无惊诧地抬起头来,先端起柠檬水,喝了一小口。今天的午餐玉兰点得太丰盛,得先清清口:“你已经和大盟见过面啦?”

李月一个否定的手势截住了我的话头:“你误解了,我和他没照面……”

“你不是说……”

“我是从玉兰那儿得到了大盟的具体地址,趁着他去百货公司地下室上班,一个人找过去的,”李月坦率地告诉我,“我真没想到,大盟还住在他家的老房子里。严格说是他父母家中原来那间保姆住的8平方米小屋。要不是两头留有简易的煤气灶和小卫生间,我感觉他就像栖身在纽约黑人和穷困的墨西哥人的贫民窟。”

我也暗自愕然,下乡之前我去过大盟家,他父母是高级职员,住的正房还是像模像样的呀。我讷讷地问:“那他父母原来的房子呢?”

“被大盟一个哥哥一个姐姐一个妹妹三人瓜分了,”李月垂下眼睑,伤感地摇了摇头,“听玉兰说,若不是他父母生前坚持,要给下乡去的大盟留下那间8平方米,他那三个兄妹恨不得把整套房子一起卖了,好多到手一点钱。唉,他如今混得这么差,过得这么惨,真是我想不到的。”

说这话时,李月的声气哽咽了。她端起咖啡杯,却又没喝,侧过脸去,强忍着泪。

有萨克斯管的演奏音乐传来。我的眼前掠过大盟家那一幢四层楼的公寓房，格调和品位虽然不如法式的振华大楼，在上海滩，却也要比大多数弄堂石库门房子好些。

我品了一口咖啡，斟酌着道："你已了解到大盟的实情，省却了我不少口舌。他现在可说是生活在底层，就同很多涌来上海打工的农民工没啥大的区别。唯一比他们强点的是，初来乍到的打工者，都得租房住。他还有那 8 平方米栖身，不需花租金。但据我所知，混得好些的农民工，也都抢着凑钱在城乡接合部买下了房子。上海人称这部分农民工是'新上海人'。"

"我真搞不懂，"李月额头上显出了皱纹，"大盟这么聪明能干的人，怎会在上海混得这么差？"

李月问出这话，我一点也不奇怪。很多当年的伙伴，都和我探讨过这个问题。我说："聪明才智，也要有发挥的舞台。大盟离开乡下，晚了一步，没轮上他直接调回上海，他把上学的名额让给了你，说他还有机会，你当时感动得又哭又叫，到了晚上主动睡到他的床上去了。这事不但我们知道，连村寨上的老乡都传遍了……"

"是的，那是我心甘情愿的，我什么都没有，"让我感觉意外的是，李月一点也没因我点破他和大盟关系的实质恼火，反而坦然地承认这一事实，"我只有用这一行动感激他。那时，我反正觉得，这辈子早晚都是大盟的女人，也不管不顾了。"

我用手指一下她："你的这举动，让知青们吵吵嚷嚷议论了好久。可山乡里的农民怎么看，你知道吗？"

李月抽过一张餐巾纸，抹拭了一下眼角沁出的泪痕，说："我第二天就去学校报到了，哪里还管得到那么多，老乡们要议论我也听不到了。"

"你没想到吧，老乡们对你的举动，"我笑一笑告诉李月，"是赞不绝口的,他们说,这妹子要得,表明她是大盟的女人,以后不会变心。”

“可我变了心,”李月也端起了柠檬水,双手捧着,却并不喝,两眼泪汪汪地瞅定了我,“把他给甩了。我知道,我这么做,背后不知多少人会骂我。但我想,大盟给人的印象不错,上面给他一次机会,总还会给第二次……”

“恰恰相反,”我告诉李月,“公社传出消息,说有人去县知青办,听人说了,既然给他这么好外语学校的机会,他发扬风格让给了你李月,下次不给他了。故而他和我差不多,是滞留在乡村最后走的。”

李月朝我摊开了右手的手心,那手白皙细嫩,五根手指保养得纤雅细长,说明她过的是养尊处优的生活,连家务做得都很少。她用推心置腹的语气对我道:“那时也怪不得我,进上海的外语学院以后,很快就有了去美国进一步深造的机会,我的外语成绩本来就出挑,学院就把这机会给了我。那是去美国啊!你是同时代过来人,美国,那是多少人做梦都想去的国家,哪怕是打工,进饭店洗盘子都愿意。不要说我这几乎是保送,还有奖学金。简直是天上掉馅饼啊!而大盟呢,你是知道的。”

我点头,大盟那时一下子进不了上海,正在和有些想“曲线回归”的知青那样想方设法走门路调到无锡、苏州、湖州、嘉兴一带的县城或是乡镇,哪怕是昆山、太仓、嘉善、平湖基层,这些地方离上海近,他都愿意。但是即使如此这般的“曲线救国”之路,亲戚朋友们都要动用关系,千方百计帮助他一起设法。终于在离青浦朱家角很近的芦墟,有一家乡镇企业愿意要他,先在小学里当代课老师,一边代课一边办理调动手续。调动成功以后,就进乡镇企业当副经理。

当李月在美国的大学里毕业，并且有了就业意向，回上海来的时候，大盟在乡镇企业副经理任上忙得不亦乐乎，他的业绩优秀，被上海郊区的一家镇办企业看中，让他合同期满，去市郊的乡镇企业任职，只要他同样干得好，就把他户口办进上海郊区。那年头，一个上海户口，是头等大事啊！

那次他们在上海匆匆见了一面。大盟喋喋不休地给李月讲着他艰难曲折的回归上海之路，现在一只脚已经踏进了上海，只要再努力一把，看来进上海只是时间问题了。

李月已无心听他细说，她没有明讲已经在美国有了就业意向。只说她还要去美国继续深造，也许是读研当博士，也许是边读书边工作，但有一点是肯定的，这一次去美国，她不考虑再回来了，无论是读研还是进公司，她得像所有去美国的人一样，追求“美国梦”，有一套宽敞的别墅，带家庭游泳池，出入有一辆轿车，是她具体的目标。她说这是“美国梦”的实质性内容，也是基础，她不仅看得清清楚楚，而且几乎有伸手触摸得到的把握。到那时，再考虑“个人问题”。

大盟当时像被兜头兜脑浇了一盆冷水。他和李月之间的距离太大了。李月讲的，和他兴奋地唠叨的，岂止是两股道上跑的车，简直就是南辕北辙啊。

当我去美国访问时，我从刘玉兰那里早已得知，李月如愿以偿地实现了“美国梦”，嫁了个如意郎君，生下了孩子，过上了我们一同插队落户当知青时做梦也想不到的生活。而大盟呢，进了市郊的乡镇企业，干了二三年，总算把户口迁进了市区，搬回了他自小长大的家。但这个家，已不是他记忆中的其乐融融的家了。父母已经离世，哥哥、姐姐，包括他妹妹，都分别成了家，把父母留下的那套正正规规的公寓房，趁着房产商品化卖掉了，三人得了钱，去规划各自家庭的生活了。无论是哥哥、姐姐，还是妹妹，都对他说，父母留下的遗嘱，请来亲戚朋友公证了的，8 平方米的小间连带小卫生间和厨房，留给大盟，我们对得起你了。你现在费了九牛二虎之力，终于也回来了，自己努力吧。

大盟能说什么呢？

李月离开乡下去读书以后，他就一个人过着孤家寡人的日子。后来去读地区中专，读出来分在县中学教书，调到芦墟做代课老师，在乡镇企业当副经理、经理，说来经历丰富，但过的始终是光棍一条的孤独生活。他觉得自己是在赶路，起先一门心思想着赶上来，追上李月的步伐，可哪里赶得上啊！

人家现在已经实现了"美国梦"。大盟呢，在市区里守着 8 平方米的小小公寓房，始终在干着别人看不起的一些零零星星的工作。最初他看过自行车摊，当过送水工，看过大门，我买独立书柜时他在百货公司供应站的送货员岗位上，拿着一份低廉的工资，仅够他过一个人吃饱、全家人不饿的单身汉生活。老知青们讲起来，只有一个字："戇！"无论是当面，还是背着他，都会一边摇头一边晃手说："这条戇浮尸，当年怎么会把那么好的读外语的机会让给了李月的？说不通、讲不通啊！真正是爱情冲昏了头脑！"

有的男知青说得愤怒起来，又拍桌子又叫喊，只说他戇到家了。女知青们更多的是同情：

"大盟把爱情看得比生命贵重，人家李月可不是，李月是踏着大盟肩膀过上今天的好日子的。"

"她可是把爱情当成了阶梯。陪大盟睡过那生离死别的一夜，她就把梯子蹬了，走自己的路去了。”

再以后，知青伙伴们忙碌着各自的工作和家庭，不怎么讲起这“老生常谈”的话题了。互相的聚会次数也逐渐少了。近年来，大盟的个人情况，我们都不甚了了。

面对李月坐着，她和大盟之间的往事，如快速推进的镜头一般，掠过我的眼前。

那年头，大盟主动把那么好的机会相让的行为至今仍令人费解。今天，李月突然当着我的面，亲口说出想和大盟重新修好的话，让我丈二和尚摸不着头脑了。

她是怎么说的？“我想同大盟恢复当年的感情。”

这话是什么意思？李月以为她还是当年的知青啊！她要恢复，恢复到一个什么程度？她的丈夫呢，还有儿子！她不要美国的那个家了？那可是她“美国梦”的现实版啊！她都不要了吗？还有大盟，他一个光棍汉，究竟过的是什么样的生活，说老实话，我们这些老朋友、老交情，都讲不出个所以然来。李月想同他重修旧好，他会答应吗？

我的心急促地起伏着，抬眼瞅着李月，李月抹去了她的泪痕，正愣怔地望着我。

我带着歉意一笑，说：“李月，今天你的话让我猝不及防。真的，几乎是大吃一惊。你是开玩笑，还是……”

“不是开玩笑，”李月抬了一下手，截住我的话说，“也不是为了堵住你们议论我的闲言碎语，我才说出想和大盟恢复感情的话。我是经过深思熟虑、慎重思考的。看到他现今的生活状况，我心如刀绞。”

“是吗？”

“我要告诉你的是，我离婚了，和美国的那个男人……”

“这太让人意外了！”

“没啥意外的，是你这个作家，观察生活的时候，太不细微了。上次你到纽约，在演讲结束以后，我说到宾馆看你那次，你还记得吗?”李月似在提醒我。

没几年的事，我怎会不记得? 对了，那晚上在酒吧，就是在我居住的那个宾馆里的酒吧，李月的举止是有点让我感觉意外。我朝她点了点头。端起了咖啡杯，带着疑惑不解的目光瞅着她。

随中国作家代表团访美路过纽约那次的往事，陡然地从我记忆深处翻了上来，历历在目。

那一种特殊的氛围，震惊、意外、不解及极力克制自己的内心波动，几年里我都坚守着守口如瓶的原则，不曾对任何人，包括妻在内言及。

但那确是难以忘怀的一个夜晚。

作家代表团和华界的作家、文人和文学爱好者的见面，是在纽约各项活动中的一个。但是在活动现场，李月的出现，还是让我有些惊喜。

她不是文学界的人，我出访美国时，虽知道要经过纽约，并要待三天，但因行程排得很满，活动加上游玩，几乎没有空闲时间。最主要的是，我早就听说李月是在经商，并且她已嫁了人，生了个儿子，过上了心满意足的生活，充满憧憬和踌躇满志追求的“美国梦”，在她的身上都已实现了。她家在新泽西有套带环形车道的别墅，从别墅的露台上望出去，有一泓湖水，波平浪静；一圈树林绕着湖岸，充满了诗情画意。我和她见了面，能谈什么呢? 故而我不像别的老伙伴们那样，到了美国就联系她。

我甚至觉得，和她见面，可能还会有些尴尬。

故而，她那风韵犹存、神采焕发的中年女子形象出现在会场上，让我有些喜出望外。

毕竟，重逢时我已是名作家，还是代表团的副团长。

相见寒暄时，我第一句话问她："你怎么来了？"

"我是从朋友处得到消息的，"李月丝毫没有责怪我不打电话找她，波澜不惊地说，"华文报纸上还登出了你们几位作家的名字，代表作什么的，确认有你，我能不赶过来见你一面吗？"

说完，她举了一下手中的气泡酒杯，还把脑袋微微一偏，莞尔一笑。补充说："不过，我待一会儿就得走。先和你见个面，打一声招呼。你们住哪儿？我晚上来看你，在你住处坐一坐。毕竟，好长时间没见了。"

我告诉她，我就住在这个宾馆的 907 号客房。她接嘴道："这可是个高级宾馆，那好，晚上我来，我们可以不出去，这个宾馆里就有喝咖啡的地方。"

遂而有台湾作家走过来搭讪交谈，李月就此离开了。

事后同访的作家朋友随口问起，刚才和你交流的那位女士是谁？看你们交谈的样子，是熟人吧，她写过什么东西？

我只能坦然相告，说她既非作家，也不是编辑，是改革开放初期来美利坚闯荡的女孩，当年我们既是同学，又一道上山下乡，在同一公社插队落户。有位天津女作家感慨说，没想到早年闯荡美国的姑娘中，已经有了如此成功的女士。

我问她怎么认定李月是成功人士？

她笑道："看她的衣着打扮啊！还有，你和她相对站着，说话时的言谈举止，旁人一下子看出了你们俩是老熟人啊！有位纽约女作家还认得她，一脸愕然地悄悄对我说，没想到你们作家中还有人认识李月！她是不是叫李月？她可是新富、成功人士，爬格子的文人是高攀不上的。团长，你行啊！真人不露相，给我们大陆作家长脸了。”

经人这一说，我不由得跟着一笑。哈哈！我沾上李月的光了。

下午余下的时间，我倒是有点期待晚上李月的来访了。

想到在楼下大堂旁边的咖啡厅里，伴着阵阵令人亢奋的迪斯科音乐，品着饮料，聊一聊相互别后的情形，还是蛮有情趣的。话题只要不涉及齐大盟，应该不至于难堪。说实话，我们代表团一行入住这个宾馆以后，大堂旁边的这个迪厅兼咖啡吧，我们都没进去过。晚上经过时，只听里面阵阵节奏感很强的音乐声传出来，有无数美国青年男女在随着贝斯十足的歌声跳着舞蹈，那影影绰绰、挤挤挨挨的人影奔放狂热地跃动着，我真想象不出，坐在如此喧声如潮的环境里，两个人如何进行交谈？那不要扯直了嗓门喊吗？

不过，这不是我要考虑的了，等她晚上来了以后再说吧。她对这个宾馆，总要比我熟悉一些。

四

静谧寂然的咖啡厅小桌上，闪烁着一盏一盏蜡烛灯的光焰。那浮在水上的圆形小蜡烛闪出的幽光，让人总觉得它是不是随时会熄灭。圆润澄净的小提琴奏得轻柔抒情，似要刻意为客人营造出喁喁细语的环境。

我环视着幽暗诗意的环境中一个又一个舒适的座位，心中愕然，李月怎会把我带到这里来品咖啡？上电梯的时候，我对她说，晚上喝点饮料吧，不喝咖啡，喝了咖啡睡不着。她微笑着点头，说明白了。

当她出现在我入住的907门口时，我已经吃了一惊。

她穿一身晚礼服，明显地比白天到活动场所来时穿的衣裳更加雍容华贵。白天她的衣着已经引起纽约和大陆女作家的关注了，这会儿穿的，使她整个人看去，愈加典雅高贵，气质出众。

我这个人，虽说报不出女士们穿的那些服装是什么驰名的国际品牌，但是你穿的是不是有品位，是不是令人赏心悦目、眼睛一亮，我还是看得出的。

让我另一个没想到的是，到了电梯口，我按下了往下去底楼大堂的键，她却按了升到顶楼的键。我正疑惑，嘀咕了一声，不是喝点东西么，她淡淡一笑说：“顶上的雅座，更有品位。你作家也好开开眼。”

原来是这么个私密幽静的地方，真让我开眼了。

侍者一身笔挺的西服打扮，尤其那个领结，打得醒目而又别致，活脱像只飞起来的彩蝴蝶。

李月用英语吩咐了几句，顷刻工夫，侍者便毕恭毕敬地端来一瓶葡萄酒，用洁白的小餐巾裹着，送给李月过目。

我听李月在用英语询问什么价格。

侍者彬彬有礼地打开酒水夹子，用戴着白手套的手指点了两下。

李月掏出小包里的皮夹，付出的美元让我暗自吃惊，我习惯性地计算了一下兑换成人民币是多少（到美国后我便养成了看到标价即刻计算的习惯）。

天哪，我几乎不敢相信自己计算出的价格，这瓶葡萄酒要五千多块！李月这是要干啥？在我这老熟人、老朋友面前炫富？没有必要嘛，我不擅酒，也不馋酒，那她是想展示自己的富有？告诉我她到了美国，干得还是成功的……我睁大眼睛看着她，等着侍者以优雅的姿势斟了两杯葡萄酒，礼貌地躬身离去，我马上以责备的口吻道："李月，太破费了。我们就是叙个旧，也不谈正事，你……"

她不待我说完，不以为然地一笑说："对我来说，你就是贵客。在乡间时，你不是还救过我和大盟嘛！那晚上要是丧了命，哪里还有今天的我……"

我一时怔住："我、我没……"记忆中，我没啥英勇壮举，救过在乡间的她和大盟。

李月不无责怪地瞪我一眼："那一次你忘了？半夜下雷暴雨……"

"啊！是那事，那事你还记得！"她一提醒，唤起了我的记忆。

那倒确有其事。

那天我去公社参加会议，公社革委会布置“批林批孔”宣讲员的宣讲安排，如何发放、如何以通俗易懂的方式给老乡们宣讲。开完会，公社的干部让我在回生产队去的路上，顺道拐进大盟和李月插队的林寨去，告知他们队的男女知青，今夜从半夜到天亮时段，会有雨量很大的雷暴雨，大盟和李月所住的知青屋，地势低洼，平时一下大雨就容易遭淹，他们住的知青点旁，还有几块水淹田，年年都会遭水涝的。今天半夜的大雷雨非同一般，县气象台报的是几十年一遇的。因此让我一定不要忘记，把话亲口传给他们，让他们有个准备。

从公社回我插队的村寨，路经大盟、李月的知青点时，我特意多走了半里地，找到他俩。刚刚收工回来的他俩，正在分工抢着做晚饭哩。我把话传给他们，要他们引起重视，晚上睡觉警觉一点。公社要我传的话有些骇人，说是上游有可能爆发山洪。

我传了话，也匆匆离开，赶回半山坡的村寨上去了。

小事一桩，我也没放心上。几天以后赶场，碰到他俩，大盟请我上馆子吃面条表示感谢，他说衷心地谢谢我给他们带了口讯，那天下半夜不仅下了大雷暴，山洪也在天亮之前随着阵阵惊心动魄的炸雷，轰隆轰隆涌来了。顿时，风声、雨声、雷暴声，夹杂着山洪的呼啸，咆哮而来，一刹那间，把啥子东西全冲走了。幸好大盟、李月听到我传的口讯，有心理准备，跑到山势高的屋檐下躲雨，钱、粮票……有点价值的东西全揣在身上，天亮了，只见足有二三百米宽的山洪形成一条波翻浪涌的混沌大河，河面上飘着斗笠、木桶、树枝、木头、鸡、鸭、风车，还有翻着肚皮脚朝天的猪儿，甚是骇人。不用说，李月、大盟他们平时栖身的知青屋，屋内所有的生活用品，全被山洪冲走了。

如果没有我黄昏给他们捎去那几句天气预报，估计出工劳动了一天的大盟和李月因睡得太熟，早被山洪一道卷走了。

故而他俩一定要拉我走进面馆，吃上一碗臊子面，表示感谢。说什么，“面条一碗，什么都不管!”也因为这场洪水灾害，上头要照顾受了灾的知青，有一个专门名额拨下来，优先安排大盟到外语学院去读大学。而大盟看到夜夜垂泪的李月，主动到县知青办及招生办，以李月同样受灾，是女知青而且外语基础比所有知青都好为由，把名额让给了李月，这是后话了。

到了今天，李月仍记得这事儿，我心里暗暗感动。

“来，”李月持杯在手，轻轻晃了几下，让酒液在杯子里转了两圈，她垂眼凝视了一下酒杯，闻了闻，遂而向着我举过来，“挺香的，你品品。”

我拿起酒杯，道了一声谢，和她的酒杯轻轻一碰，凑近酒杯，闻了闻，抿了一口酒。

确实是好酒。我细细地品味着，有种醇厚感，有股隐隐的暗香味，但真要我觉得有多么好，我也说不上来。不像我品国内的名酒，五粮液的入口绵甜、汾酒的清香、茅台爆炒甜酱般浓烈的酱香中夹杂的那股玫瑰味儿，风格可以分得清清楚楚。

李月一口就把酒干了，遂而拿起酒瓶，给自己的杯中斟酒。然后又往我酒杯中斟：“你也加点。”

我急忙抓住她的酒瓶：“你应该知道，我会品酒，酒量并不大。少加点，慢慢喝、慢慢喝。”

说着，我又主动抿了一小口酒。实事求是地说，李月今晚点的这酒，确实好。好上口不说，饮了还有股舒适感，飘飘欲仙的让人陶醉中感觉余味不尽，酒真得慢啜细饮。

不料李月端起酒杯来，又一口干了。接着又给自己斟酒。

我看着她安然自若斟酒的姿势，愕然道："李月，身在商场，你应酬多，酒量大增了。"

她乜斜了我一眼："我做的这生意，一单一单的，应酬并不很多。并且是稳赚的。"

接着她便压低了嗓音，给我讲起了她的经商经历。

我一面倾听着她涉足商圈起步阶段的经历，一面环顾着目光所及的邻座。

我们坐下时空着的邻座上，这会儿入座了一对衣着醒目的白人男女，两人一坐下就紧紧地相拥在一起，肆无忌惮地互捧着头颅狂吻，那小伙子旁若无人地把整个身子压到姑娘身上去。姑娘不甘示弱地迎合着他，双方发出"哼哼唧唧"的声响，仿佛就在自己家中。

我一刹那间看呆了。把这地方看作什么了？"不要紧盯着人家看。"耳边传来李月的提醒，我即刻转回脸来，她一脸正色地看着我，我有些不好意思，抱歉地一笑。她理解地一点头说："这是纽约，在这里，一切都是自由的、开放的，私人行为一律不受人干涉和干预。你盯着人私密的举动看，会遭人反感。来，坐我这儿来。"

她主动招呼我。

我不知所以地瞪着她。她仍向我招手："来呀！坐在我这里，你就看不到那对男女的任何举动了。"

我听从了她的话，坐到她的身边。挨得近了，从李月身上拂来阵阵名贵香水的温馨味儿。

她把我的酒杯拿过来，递到我的手里，然后拿她的酒杯轻轻和我一碰："来，我们干一杯！为我们在美国的重逢，为我们共同的青春时代那段日子，干！"

说着，她再次把杯中酒一饮而尽。

我仍按自己的习惯抿了一口。

"你干呀，把这一小点酒干了。我注意了，你每次都只抿一小口，几乎没怎么喝。干，把这一小点酒喝了。"

我不想扫她的兴，一口把杯中酒喝光。她连忙拿过酒瓶，把两个杯子斟上酒。然后端给我一杯，自己微晃一下，端详了一眼酒杯，说："你知道吗？自从我来到美国，你是来到纽约的我最熟悉的朋友。所以今天下午，我趁正好进市中心谈笔业务，先赶到了你们的活动现场，来和你见面约一下，晚上我们好好聊聊。"

我看得出，喝了酒，李月明显地有些兴奋。出访之前，妻问过我，路过纽约，你们要逗留两三天，准备和李月联系吗？国内朋友的习惯，出访一次不易，又是多年不见，总要想方设法见个面，有人还会去朋友家中住上一晚，畅叙一番。我对妻说，作家代表团安排得紧，没有自由活动时间，听说李月的公司在纽约，但是家设在新泽西，说是离纽约很近，但总归不方便。再说她又是女性，后来又同大盟断了，我就不联系她了。没想到，下午她会出现在活动现场，还说晚上到我住处来，大大方便了我，我是很高兴的。

李月说，这些年她虽然生活在纽约，当年知青伙伴们的情况，她多少还是陆陆续续听说了一些。尤其是我的近况，她更是了解，知道我已从外地的作家协会调回到上海工作，事业上发展得很顺利，她衷心地为我实现了青春时代追求的理想而高兴。

我截住她的话头，问："那么你呢？一切都好吗？"

"我？"她不由得一愣怔，道，"你们一定听说了一些吧？"

"是的，事业上很成功。"我以赞许的口吻道。

她的眼神有些凝滞，喝了一大口酒道："按照通常的说法，可以这么认为。实现了'美国梦'，有钱了，一般出国的人士要经过艰难的打拼，才能购置一套属于自己的别墅，别墅内配置齐全，车库、游泳池、小花园，一份安定的收入颇丰的工作，还得培养子女，至少拼搏个十多年。我呢，你看到了，都有了。"

我也举了酒杯道："为你高兴。你慢慢讲吧。"因为我察觉，说着说着，她的语速快起来，一抹酡红，抹在她两边的脸颊上。酒上脸了。

我陡地想起来，在山乡插队落户时，知青们难得趁农闲时聚在一起，凑钱买了只鸡，找关系割上几斤肉，备点鸡蛋蔬菜，痛饮苞谷酒，大盟的酒量很大，她呢，只喝一小口啤酒，酒量并不大。

她把杯中酒喝完，一边斟酒一边道："我们这一代人，一直在追求。追求美好的未来，追求自小就有的理想，追求比原先更好的生活条件。现在看看，好像只有你，实现了自己的理想。你自小就想着当个作家，老师批你是'资产阶级个人成名成家思想'，不切实际。你都毫不在意。现在你当成了作家，还是个名作家。从这点来说，我还真羡慕你。这次见了你，我从你的眼神中看得出来，你有种对人生和生活的满足感。"

她在夸我呢。我举了举酒杯，向她表示谢意："谢谢！"我的座右铭就是不断知足，不断追求。李月能对我这么说，我真的欣慰、高兴。

她又饮了一大口酒："我呢？你们远在国内的伙伴们一定以为

我很成功、很幸福、很欢乐。把过去的一切苦难置之脑后，把曾经的恋人大盟一甩了之，顾自过富足的生活去了。表面看来，的确是如此，我有了新男人，有了儿子，并且啥也不用担心，啥也不用操心。可你知道么，我内心真正感受是什么……是什么、什么……”

我感觉到她的舌头有点打滑，连忙提醒她：“李月，你少喝点。”

她朝我“嘿嘿”地笑了笑说：“没关系，今晚上可以放开喝。我也在你入住的同一楼层订了房间，901 房，醉了可以去睡。”说着，她掏出一张门卡放在桌上。“你尽管放心。快回答我，你了解我内心真正的感受，是什么吗？”

我骇然瞪住了她，自言自语一般：“是什么？”我猛地抬起头来，只见她的一只胳膊支在桌面上，酒杯在她的手中晃了晃，把杯子里的剩酒泼洒在桌子、地上。我连忙伸手扶住摇摇欲坠的酒杯，把它放在远离她手臂的桌子中央。就在这一瞬间，她的身子晃了晃，嘴角抽动了几下，眼睛一闭，整个儿依靠在了我身上，并且身子发软地往下滑去。

我伸出双手，费劲地扶着她，看她仍在往一边歪去，我抓住了她双边肩膀，既是使力气把她往上提，又不让她往椅子上倒下去，急促地压低声音唤道：“李月、李月，你怎么啦？喝醉了？”

她的身子整个儿摇晃了一下，一条柔软的手臂似要举起来，嘴里喷着酒气说：“没醉，我没……没……”

我不知所以地坐着，怎么也想不明白，好好地见个面、叙个旧，本以为能在纽约高级宾馆的楼顶雅座，度过一个轻松愉快的夜晚，哪知道会变成这样。我在责怪自己，为什么没看出来，她的酒量并没增大，她一定是遇上了啥烦心事儿，借着我的到来，借酒浇愁。

这下我该怎么办？

音乐声换成了钢琴弹奏的抒情小调，轻快、悦耳。

冷静下来以后，我决定把李月扶回到她自己开的901客房里休息，等待她的酒醒。

我先拿上她的随身小包，又把901的门卡揣进兜里，然后费点劲儿扶她坐起来，把她的一只手搭上我的肩膀，搀扶着她，蹒跚地一步一步走出顶层的酒吧。

侍者站在一边，用似笑非笑的表情瞧着我。

电梯下到9楼，我把李月半拖半搀地扶到走廊尽头的901室门口，从衣兜里掏出门卡，在门禁上一插，“嘀”一声，门开了。顺手打开灯，哇！901是个套间，比我入住的907宽敞、阔气、豪华得多。尤其里面那张床，不仅大，而且令人产生种种遐想。我把她扶到床上躺下，这才长长地吁了一口气。

我把其他的灯全关了，只开了一盏离床不远不近的落地灯。落地灯的光影里，映着李月躺倒在床不省人事的身子。她那一身昂贵、贴身、质地考究的服饰，全都扭得七歪八斜，不成样了。我呆痴地站了片刻，决定出去透透风，轻轻地关上门，让她一个人在房里安睡。我蹑手蹑脚地走出901，穿过走廊，坐电梯来到高敞明亮的大堂里，先是在大堂里走了一圈，打量着每一个高矮胖瘦的美国人，他们每个人似乎都仍在忙碌，匆匆忙忙地在走向电梯口，匆匆忙忙地进出旋转的大门，就连大堂一侧的咖啡吧那边，传出的音乐都是快捷的、奔放的，远远望去，似还有人在音乐声里跳着迪斯科。

我需要冷静冷静，让发热发烫的头脑平静下来。李月酒醉后有点出格的行为，令我手足无措。

我在大堂里逛够了，又走出大门，来到了宾馆外的马路上。这里是纽约的市中心，时报广场离宾馆并不远，满街都是汽车，人行道上，熙来攘往的行人似乎比白天更热闹。四处都是闪闪烁烁的霓虹灯，刺激人的灯光无端地使我随之兴奋起来。喧嚣、嘈杂，人潮不断涌来。我不敢走远，初来乍到那天，代表团里一位作家说，一个人上街时特别要注意，尤其是中国人，在美国人眼里，我们也是异国他乡人，让人家一眼就能辨认出是亚洲人。有时候迎面走来两个外国小伙子，笑嘻嘻地似乎要和你打招呼，也分不清他们是黑人，还是墨西哥人，走过你身边时，他们手中提着的两瓶酒突然掉在地上，酒瓶打碎了，酒液淌得满地。你的麻烦随之来了，他们会一把拉住你，说你迎面撞了他，让你赔钱。你若声辩，和他们论理，那就等着挨揍；你掏出钱来准备赔他，他会一把抢走你所有的钱，溜之大吉。这会儿你就惨了。

我不想碰上这样的倒霉事儿，不敢走得离宾馆太远。往左侧人行道走上一二百步，就往回去。走过宾馆大门，往右侧再走上三四百步，我就折返。

是的，这是美国纽约的市中心，繁华热闹，吸引着全世界的来客。可我只是过客，眼前的一切是现实，却又似梦幻，和我一点关系也没有。尤其对我这个不能用英语和人交流的人来说。

回到宾馆大堂，我取出门卡，回到自己的907客房。

进入房间，我一屁股坐在沙发上。呆痴痴地坐着，我真的需要静下来，平息一下波动不已的心绪。奇怪的是，我一无所思，一无所念。坐了一阵之后，我决定进入盥洗室，洗漱之后，上床睡觉。一切都等明天再说。

出访途中，活动和供参观游览的景点一个接一个，对于大多数第一次到美国的作家们来说，也总想多跑几个城市，多和当地作家交流，多走走、多看看。正逢国内的改革开放，谁不想多开开眼呢。故而我们每个人都很累，再加上有时差，还喝了点酒，我合上眼没多久，一觉就睡过去了。

第二天醒来，天已亮了，纽约市的曙光从没拉上窗帘的窗户里照进客房。睁开眼的那一瞬间，我第一个念头就是想知道醉睡在901大套房里的李月怎么样了？

习惯地打开手机，只见李月发给我一条短信，上面只有三个字：我走了。

她离去了，悄没声息地走了，早饭没吃就走了？

从盥洗间出来，我看到手机上又来了两条短信，一条是中国作家协会外联部工作人员发给每个团员的当日行程安排；一条又是李月发来的："对不起，昨晚醉酒失态了！今天上午我还有安排，也不好多打扰你，我就不辞而别了。谢谢!!!"

我把她的短信读了几遍，确定她没因醉酒而误事，我也放心了。唯有三个惊叹号，似乎还有什么含意。我一时也猜不出来。

我能说什么呢？我什么都没说，既没给同行的作家们提起李月的来访，回到上海以后也没跟任何人提及这次出访途中小小的插曲，连自己妻，哪怕同样她认识李月，我都一个字没提。心里暗忖，就让这，当作啥也不曾发生过，随风飘走吧。

这也是刘玉兰讲起，李月这一次要我们两口子出面，和多年未见的伙伴们聚一下时，我内心有些翻腾的原因。当着妻和一拨当年男女伙伴们的面，我当然不会提及李月醉酒失态这件事，我相信她也不想再言及这件糗事。

可这会儿，咖啡馆小包房内，只剩下了我们两人，情况不同了。

她主动讲起了这事儿。她的情绪是平静的，讲话的语气是心平气和的，她把声气放得更低，一只手无意识地慢慢搅动着咖啡，把服务员精心雕画出来的咖啡表面那个爱心图案搅散、搅碎了，一字一顿地说：

"你参加代表团来访之前，是我在美国的事业发展得最为顺风顺水的时候，换一句话来说，也就是我赚钱最多的时候，正像你们听说的，我轻轻易易地就实现了'美国梦'，把人家梦寐以求的一切富裕的浮华表象，变成了现实。我真的整个身心有一股春风得意的感觉，恨不得让当年你们这些所有的伙伴，小学同学、中学同学、一起插队的知青，通通都能亲眼看到我居住的房子，房子周围诗情画意的环境，环形车道、路边林子里的小鹿、屋后的湖泊，还有屋子里一间房一间房的陈设，纯西式的家具房、纯中式的红木家具房，还有你这种作家在中国永远不可能有的高大、宽敞、需要升降梯才能取到书籍的书房，有了钱就任性啊！关于中国作家代表团即将来访的消息，纽约总领事馆和华人圈里早在你们来之前一两个月就传开了。我甚至想，等你来了，无论如何拖你去我新泽西的家中住上一晚……"

"结果你只是来我这里露了一面。"我插了一句。因为我觉察，讲着讲着，她又有些激动起来。

"是有原因的，"她垂下了眼睑，把勺子取出来放在小盘内，端起咖啡喝了一口，又用餐巾纸抹了一下嘴道，"就在那之前的两三天，我的那位，现在说就是前夫，出轨的事实陡地暴露出来了。而且出的那种丑事，肮脏得让我都说不出口。更令我愤怒的是，他竟然花着我的钱，在外头花天酒地还认为天经地义，并振振有词地举出美国社会有头有脸的人都出这种事，作为女人我就应该像希拉里一样懂得和学会忍受。原来，多年以来，他就是个‘两面人’，在我面前装出一副模样，在外头又完全是另一副嘴脸。我哪里碰到过这种事啊，正好山东姑娘纪然冰一案也因官司在华人圈子里传得沸沸扬扬，我的天塌下来了呀，我到哪里去倾诉，我该怎么办？我哪里还有心思在你们面前炫耀？我真的只有忍受这么一条路吗？恰好你来了，我晚上来找你，原想在你这个知根知底的老熟人面前倾吐一番苦水，发泄一通。可一坐到你面前，我又没脸吐露了。矛盾犹豫之中我只能大口咽酒，那是一款好酒，可也是一款最容易诱使人喝了还想喝，喝多了又易醉的酒。于是，就在你面前出了丑，失态了……”

我能说什么呢？原来是这样。我说：“没关系……”

我知道我的安慰苍白无力。

李月仰起脸来瞅着我，她的双眼睁得大大的，闪烁着晶莹的泪光，她不无忧虑地问我：“你回来之后，把那晚的事，给人说了吗？比如说玉兰。”

“没说，”我摇摇头，清晰地对她说，“我说什么呢？”

她点点头：“我回上海以后，先后同刘玉兰她们几位见过面，她们都没露出听说这件事的神情。那你，对你家那位……说了吗？”

她的神情仍有些迟疑和不安。

“我对她说啥呢？”我反问了李月一句，“连见了你，我都不会提。今天是你主动讲起了这件事，那我可以跟你讲，对于一同访美的作家同行们，我只字未提这件事。我觉得这是纯粹的私事，况且确实也是，我们之间什么事儿也没发生，只不过是你醉了酒。我收到你短信之后，知道你是清醒地离开的，不会出什么事儿，我就决定了，这件事就是你知我知，天知地知，不会有第三个人知道，让它烂在肚子里,我们永远也不会再提起。”

“你真做得到?”李月问。

“这么几年过去,我不是做到了吗?”

“我又不懂了,你怎么会做出这种决定?”李月的语气轻松起来,仿佛是在谈论发生在他人身上的事。

我抿了一小口咖啡,思忖着说:“我们中国人有句话,损人不利己的事,绝对不要做。做损人利己的事,已经是可耻的了。损人不利己,做了以后,那不更让人瞧不起?况且,在我的心目中,你始终是大盟的恋人,我知道你和大盟所有的往事。中国还有句话,在民间广为流传,说的是朋友之妻不可欺。朋友,大盟至今仍是我的朋友啊!虽然他命运不济……”

李月的脸一红:“你这是在间接地批评怪罪我了……”

“绝没有这个意思。”我急忙申明,李月毕竟是难得回来,我也不想她带着对我的遗憾。

“那好,”李月向我伸出了她的手,掌心朝着我,叫着我青少年时期的小名道,“我们不再讲这个话题。但有一句话我要讲给你听的……你是一个传统意义上的正人君子。”

我不觉一怔。“你这是……”我有些疑惑,极力辨识着她是在夸我,还是讽喻我?也许,从她这个不无魅力的女子嘴里讲出来,两者兼而有之吧。

她不让我思忖,接着道:“你知道,我们这一批伙伴怎么在背后议论你吗?”

“背后议论?”我不知她说这话是什么意思。

“你出名了,你以为人们都跟着像报刊上那样夸你呢。才不是呢!”她进一步道,“尤其是我们这一伙知根知底的同龄人,他们讲得可实在呢。”

她这一说，我更想知道伙伴们是怎样在背后议论我的了。

“他们怎么说?”

“他们说，你是被正面教育教出的好学生。”李月笑着道，“我觉得还是蛮贴切的，你说是不是?”

“正面教育?”我咀嚼着她说出的这四个字，费劲地理解着人们这么议论的理由。

李月“嗤嗤”地笑出了声：“瞧你这副模样啊！哈哈，不说了不说了，你只要从这个角度去理解就行了，我请玉兰以你们两口子的名义约大家聚一聚，接到电话的人都来了，王奇、海鹰、宏滨，还有国庆，玉兰说了，不是以你的名义相约，他们都不一定来。说明大家那么说你，还是认可你的。还有大盟，我们说正事吧，你给我讲讲，我的想法，有可能变成现实吗?”

我慌不迭地招架着：“李月，我听着就……”

“就什么？你直截了当地说。”

“我觉得，有点有点儿不着边际。”我仍然在敷衍她。

李月的脸色一沉：“为什么？我现在是自由身，没有任何负担。而且，我真的只是想补偿大盟，绝无二心和坏心。”

“这我知道，”我是写小说的，怎能不理解男女之间的下意识，我向李月摊开一只巴掌，“可你得想想，你生活在美国，已经在那里定居，而大盟……”

李月截住了我的话：“我没入籍，虽然我拿到超过十年的绿卡，可以申请入美国籍了，但我始终没申请。我还是中国人。”

“就算是这样，可你们现在的情况，太悬殊了，可以说是一个在天上，一个是在上海生活的基层。”说到基层时，我停顿了一下，到嘴边的字是底层，临时改成基层的，我加重语气道，“差别太大了。”

李月道：“我不在乎啊！我丝毫没有嫌弃他、瞧不起他啊！今天你们都看到了，我始终在对着他微笑。”

“我留神了，”我说，“他自始至终都没啥表情，好像对每个人，对我也同样，是漠视的、淡然的。”

李月淡淡一笑说：“我有思想准备。我觉得他能这样，已经不错了。我真怕他突然见到我，当场勃然大怒，或者拂袖而去，所以，所以我觉得这事儿有门，不过得继续劳动你的大驾。”

李月说完，边端起杯子品咖啡，边睁大她那双很美很动人的眼睛期盼地望着我。年轻的时候，不知道有多少男生和男知青为她的这双眼睛动过心。

刘玉兰开头给我电话，我以为只是吃一顿饭的事情，现在看来，远不只是吃顿饭那么简单了。我说：“你知道，很多老朋友都说，大盟现在越变越怪。大家都是在上海的弄堂、公寓这种环境里长大的，你应该听得懂这个‘怪’字的意思。”

“我懂，我也想象得出来，”李月说着，把咖啡杯移开一点儿，双肘撑在桌沿上，用知心的语调道，“所以我要请你和嫂夫人留下，帮帮我呀！”

我沉吟片刻，问：“你看我能帮什么忙？”

李月笑了，她真诚地笑起来，透出一股成熟女性妩媚的魅力，我不由得定睛瞅了她一眼。

她随即感觉到了，敏感地问我：“怎么了？没见过我？”

我淡然一笑，照实道：“李月，你仍然像当姑娘那阵一样美。哦不，比那时候的美更有魅力。”

她带点委屈地轻轻叫起来：“你直到现在才发现啊？”

我坦率地道："坐得这么近，面对面正经地谈事儿，虽说相交几十年了，但这样的机会还是不多的。我觉得大盟还是有福气的。"

"那你帮帮我，"她嫣然一笑，神采飞扬地道，"把我心中这层意思，去给大盟说说。看看他是什么态度。"

我不解："你为什么不直接和他面对面谈？你们之间还不熟悉吗？"

她微蹙着眉，露出点后悔的神色道："我伤害过他，不是一般的伤害，我怕贸然地单独找上去，他发一顿脾气，我就完了。这些天来，我一直在心里说，这辈子，我什么都没有了。我不能再失去大盟。"

我看出她的这些话是发自肺腑的，她不是啥都没有，她有钱，有美国的绿卡，她说的什么都没有，只有我能理解，是渴求一种心心相印的感情。是的，她离了婚，和前夫分手了。可她不是还有儿子嘛!！我不由问："那你不是还有儿子吗，有的人……"

"哎呀！你快别提儿子了，"她皱起了眉头，脸上显出嫌恶的表情，一挥手说，"才进大学三年，他几乎一个学期换一个女朋友，白的、南美的、亚裔的、中东的、黑的，一个个走马灯似的换。知道了他父亲的事，他还站在父亲一边，反过来劝我，说什么，妈，这是在美国，你别往心里去啊，你也给他点自由吧……这个儿子，我算是白养了。最近，他又换上一个北欧姑娘，在外头过起日子来了。"

我瞠目结舌地倾听着，真的，国情不同，只能当故事听。我多少理解了，李月为什么会有回到上海来的念头了。我答应她说："我可以去找大盟试探一下。"

“那太谢谢你了，”李月连忙接上我的话道，“玉兰说你是我们这拨人中最忙碌的，担任好几个社会职务，又得扮演三个身份。谢谢你，浪费你的宝贵时间了。”

“你说这话就见外了，”我说，“我们不还是小学、中学的同学，又共同经历了知青岁月嘛。不过，我也得讲句实话，虽然都在上海，我和大盟也不常见，联系极少。对他这些年的近况，不怎么了解。这次，还是因为你回来，玉兰热心，把我们各自的手机号发了一下。真要代你去拜访，我还真该细细了解一下，他这些年是怎么打发的日子。”

“你就是想得周到，”李月道，“从美国回来，没啥东西送你们两口子，我带了一点小礼物。”

我连忙叫起来：“你刚才不是送过了嘛！”

“这是为专门感谢你的。”她说着，她打开随身带的小包，取出一小罐美国的咖啡和一个精美小盒子，盒上扎着丝光彩带，看包装就不会是便宜货。她把小盒子打开，里面是一双手套，我一眼看去，就明白那皮质，那光泽，不是一般的手套。她把小礼品一起推到我跟前，说：“你家那位，不是喜欢喝咖啡嘛，一点小意思。手套么，很柔软的。我记得，当知青时，你的手经常生冻疮。你试试这双。冬天戴上它，也能想到我。”

“这么贵的礼品，你还说小意思。”我不好意思了，“我可一点没想到送礼。”

“没关系，你已经帮我大忙了。”李月实在地说，“下次见面，你带几本自己写的书给我吧。上次去美国，你都没带书给我。”

我急忙辩解：“你不是忙着经商嘛！我想着你根本没时间读小说。”

“你别辩解了，”李月戳穿我的诡辩，“那天在你客房门口，我留心了，房间里都没放你的书，要有，你不给我，我随手拿一本就走了。”

我忙说：“下次我一定带上书。”

“对了，”她想起了什么似的说，“你新近出的《华都》，也挺有影响，有人回国，带到纽约去了，华人圈里在传看呢！另外，你那两本写知青的代表作，我去美国时间早，都没看过呢。电视剧的录像带，都被带到美国去了，华人社会过来带第三代的老人，空闲了都在看，他们看了也议论。说明你的作品，现在可受欢迎了。”

她随口说出的这些信息，令我高兴。我对她说：“谢谢你说了这么多让我高兴的话。现在社会上很多人只认挣钱多的人，你这个赚了大钱的朋友，夸奖我的写作，我还是快活的。”

她摇头：“我可不是恭维你，我们之间，也不需要恭维，对吗？我讲的是实情。”

我一口喝尽了杯子里的咖啡，把手放在她送的手套小盒上道：“我尽快联系大盟，你等我的消息。”

“我知道，答应了的事情，你一定会认真去做的。”说着，她拿着自己的皮夹子，离座起身，“你稍坐，我去买单。”

五

“我跟你说，她这是心血来潮，具体操作起来，有点难度的。你说呢！”刘玉兰以她一贯的爽直在电话里对我道，“我不想当面泼她冷水，我让她找你说说看。你也尽可以去和大盟见一面，我提醒你，你可不要把话说得那么肯定，探讨探讨，半开玩笑似的。也许，你和大盟见过回来，李月就变卦了。我跟你说啊，一起来吃饭的孔维维和我同样观点。”

和李月分手，回家路上，我就拨通了刘玉兰的电话，问她知道李月找我，要谈的是什么事吗?

她马上“哇啦哇啦”地说开了，她说：“李月这是在制造舆论，弥补她当年的亏欠。但是，事过境迁，人都一把年纪了，想得多。既然她郑重其事托付于你，你不妨为她跑一趟。说老实话，我们几个虽然都生活在上海，但是各人有各人的生活，干的是不同的工作，互相之间究竟在过着怎样的日子，都是不了解的。今天我约来的那几个老伙伴，王奇、宏滨、海鹰、国庆，论起来都是当年的熟人，不要说相互之间的性格，就是家里父母当着什么样的官，‘文革’时受过怎样的冲击，都清清楚楚。知根知底，也就是知道当年的那些往事，如今他们自己，和老婆孩子过得怎么样，混得好不好，都不知道啊！你是作家，你知道吗?”

我只能说，我确实不甚了了，有时候在马路上碰到，也就是寒暄几句，说了什么，转身就忘记了。都有各自忙碌的一摊子事啊。

刘玉兰立刻抢过话头去：“对啊对啊，大盟也一样啊。这些年，他主动到作家协会找过你吗？”

“没有。”我只得照实说。

“对啊！尤其是你，出名了，常在电视上晃，当年的老同学、老朋友、老邻居们来找过你吗？”

“也没有。”

“你知道为什么吗？人家不愿来沾你的光啊！你呢，还算处理得可以的，”刘玉兰趁此机会，把她平时不便直截了当说的话，一股脑儿说了出来，“记得多年没见面重逢那次，你难得来参加我们的聚会，还带上一包书，一人送一本。大家都高兴。说明你没忘了老朋友。”

我赶紧道歉：“谢谢你玉兰，其实我做得是不够的。”

“够了够了，这你也别谦虚，我都明白的。人出了名，好事、坏事都更容易摊上，你能答应李月，出面去见大盟谈这种事，也算给李月面子了。”刘玉兰这人的性格就是这点可爱，肚子藏不住话，有什么说什么，讲着讲着，把内情都说出来了，“不瞒你说，她也请过我的，说我能说会道，随机应变，灌了我不少米汤，被我一口回绝了。我说让我出面去，很可能把这件事谈崩了，把她的好心办成了坏事，她这才作罢。转而找上你来了，她也灌你不少米汤吧？”

我笑了：“是啊！”我想起李月说的那些中听的话。

“你出马容易成功，”玉兰又说，“不过，我还得讲清楚，你到了大盟那儿，说不定又会出现啥意想不到的新情况呢。大盟家你认识吗？”

“认识，”我说，“不过多少年没找上门了，我怕弄错，你把具体地址再发我一下。”

果然被性格直爽的刘玉兰说中了。找到大盟家去，没说上几句话，我就察觉到了意料之外的情况。

大盟生活中有女人！

我相信，和我们所有听说的一样，李月了解到的，大盟至今仍是孑然一身的光棍，正是因为知道他至今未婚，作为一个成年男子，大伙都觉得他可怜兮兮的，值得同情。李月也是因此情景才会觉得歉疚，可真实情况……真是谁都讲不清楚。比如光是我们几位男士碰到一起，高宏滨啊，王奇、张国庆啊，包括于海鹰聚在一起，就探讨过，大盟没老婆，那他的生活中有没有女人？众人一致认为，女人肯定是有的，只不过谈着谈着，人家看他那工作和收入，还有住房情况，不肯嫁给他了。那么，他有没有生理需求呢？大家都说，不可能没有吧，打野食吧。开放了，老朋友们都成了家，说话也开放了，说大盟既然当年就和李月有过，尝过那种滋味，不可能禁欲。那样的话，久而久之，人会变态。但是，所有的人谁都讲不清大盟和什么样的女人有过交往。

上海这地方，人多嘴杂，大小马路上时而碰到熟人是常有的事。也没听任何人谈及，大盟在街上和什么女人走在一起，或是在饭店、商场碰到他和女子一起吃饭、购物。

尽管如此，李月托付我之后，我把拜访大盟这件事认真想了想，确实想到这个问题的，我还准备，和大盟坐在一起，话投机了，试探性地问一下他。

这也是对李月负责吧。

没想到，第一次上大盟家，不等我远兜远转地打听，就给我看出了端倪。

核对了刘玉兰发给我的详细地址，又凭着少年时期的记忆，我准确地找到了大盟那间小小的8平方米的家。

大盟家住的是20世纪20年代末期开发的那种四层楼公寓，比起玉兰至今仍住着的振华大楼，档次略微逊色。但在我们小时候，同样觉得，他家所住的几间公寓属于上海滩比较好的房子了。有煤气设备，有大小卫生，房间虽然有大有小，却仍是一套一套的。1949年之前，听说他家所住的这套公寓，里面入住的大多数是外滩临江大厦里的有点身份的职员。大盟的父母，好像都是什么公司的管理人员，颇得洋行老板器重。只不过，他家原有正房没大盟的份，他现在住着的8平方米小屋，当年是专门提供给佣人、保姆住的。但还有装着一只煤气灶的小厨房，配有小卫生间。和没有煤卫设备的老式石库门比起来，强多了。

和大盟通话联系时，我说今天在他家附近，有两个活动，一个是联络社区的文化艺术中心，一个是采访一位老文史馆员，中间有一个小时左右的空档，如果他在家，我去看看他。他答复得很干脆，在家，你来吧。

于是我带上一本书，就到他那儿去了。

毕竟是七八十年的建筑了，外观看上去修缮得尚好，红砖墙，勾勒着白线，走进楼去，无论是楼道的光线，还是每一层的走廊，都唤起我童年时代到大盟家来玩时的记忆。走过二楼时，楼道里飘来罗宋汤的香味，我嗅了嗅，不由得笑了。怎么这家邻居，连饮食都会传宗接代？

大盟的家在四楼上，出乎我意料的是，8平方米小屋收拾得井井有条，十分干净。脸貌端正、不失英俊之气的大盟坐在自己那张床的床沿上，请我在家中唯一的折叠椅上入座。我瞧他一眼，凭我小说家的想象力，眼前的大盟，若换穿上一身正装，理抹一下发型，简直堪比老派的电影明星。环顾着他小小的房间，刷得雪白的墙上挂着一幅他的毛笔字，写的是一首诗：

凤去遥遥又几年，
至今人盼不还山。
只愁孤独凰无伴，
且在风尘旷世间。

我想不起这是哪位古人的作品，抑或就是大盟的心声？这么一想，我又把诗读一遍，似乎悟出了一点滋味。我端详着柏木镜框出神凝思。

大盟留意到我的目光和神情，自嘲地一笑道："瞎写的，比照古人曹豳的诗胡乱涂鸦，不能同你的大作比。"说着，挥了挥手。

字是他写的，我认得出来。虽已人到中年，定了型的字迹一般不会变。诗嘛，读个三四遍，又深知他的感情经历，我读出一点他的心意了。

大盟从小桌上取过一包烟，向我扬了扬："你抽一支吗？"

我摆手微笑："谢谢，我不抽。"

"那我抽一支，不碍事吧？"他睁大眼征求我意见。

"尽管抽，你尽管抽，这是在你家嘛。"大盟显然又对我"生分"了，把我这老朋友当成了客人。

"你现在不同了，名作家、大知识分子，难得踏进我这么逼仄狭小的家，有点委屈你了。”大盟笑道，叼着香烟，擦火柴点烟，深深吸了一口，“不过上我这儿坐坐，对你也有好处。让你知道，上海还有我这样混日子的人，和你是同时代、同命运的人了。”

他一边说，一边呼出一口烟。

我把话题岔开道：“你还在百货大楼干那一行吗？”

“人还在那里，干的已经不是踏着黄鱼车，送你买过的独柜那种活了。”他摇头，“那活儿淘汰了。现在兴物流、快递。单纯送货的活儿，都被快递抢走了。”

“那你在做什么？”我的心中掀起阵阵波澜，没想到哪儿都有竞争。

他苦笑笑：“黄鱼车跟不上形势了，我也换了辆轻骑。宜家你知道吗？”

我点头：“知道。”

“宜家那类商家、商场卖出的东西，比如说就是你买过的独柜书橱之类的家具吧，都是包装得好好的，”大盟指缝里夹着烟，双手比画着对我介绍道，“我给人家送上门，代表商家给装配好。每天几单活，装配妥帖，收点费。这类活干久了，熟门熟路，并不累。挤出时间来去补补课，我学了门‘家装’。”

“噢，”这是我不了解的，“凭你的聪明才智，不难吧？”

“不难，”他摆摆手，吐出一口烟，“学了就替有装修需求的家庭搞设计。也能赚点钱。”

“收入还可以吗？”

“勉强糊口吧，”大盟的脸转了一下，眼光扫了房间一圈，“你看我，平时忙，就住在这里。存下的钱，在莘庄那里买了一套两室一厅。市中心这里的房子，我是买不起了。”

听他这么说，我知道他的现状也有些改观。心里在寻思如何把话题转到那天的聚餐上去，然后提及李月，耳朵里听见小屋里侧的卫生间里有动静，我把脸转向小卫生间紧闭的那扇门，大盟的神情顿时有些紧张，也把脸转了过来。

门把手动了一下，小卫生间里果然有人，门打开了，一个大手大脚的女人走了出来，小小的8平方米的屋子里静寂下来，我的两眼睁得大大的。

我耳边听见大盟吸烟的声音，有些局促。

女人在不安地瞅着我和大盟。

大盟和我也在看着她。这都是一刹那间的情形。

不过我已把女人看清楚了，三十六七岁的年纪，谈不上漂亮，但也不难看，身姿五官都是普普通通的。发梢上沾着几颗水珠。“我把卫生间打扫干净了。”女人有些拘谨地移开目光，手抬了一抬，用带有安徽口音的普通话说。

我感觉大盟似乎点了点头。

女人征询地望了大盟一眼：“那我就走了。”

“好的。”这回我听清大盟的话了。

女人怯生生地走出了大盟家。大盟家一进屋就是个小小的灶台，灶台上孤零零地装着单灶的煤气灶。这本来是装来让保姆带婴儿时热一热奶锅和烧水什么的，现在看来，倒蛮适合孤身住着的大盟。

听见关门声，我转回脸来，望着大盟。大盟移开目光，低头边吸烟边用略显局促的语气解释般说：“这是个钟点工，经楼里人介绍，她每周到我的小屋里打扫清理两次，不收钟点费；我呢，提供小卫生间让她沐浴。这样，她从这里收拾盥洗以后，就能直接赶到幼儿园门口去接小孩，送到雇主家，给人家做好这天的晚饭。”

在大盟说清这女人的身份时，我已经决定既不过问这陌生女人是谁，深究他和大盟是什么关系，更不考察大盟说的是真是假，我突然决定应该把来意直接对大盟说出来。要不，一个小时眨个眼就过去了。

“我来看看你的生活现状是一个目的，”我开门见山地用老熟人的口吻对大盟道，“另一个目的嘛，是想告诉你，那天玉兰约我们小聚，见到李月，你不觉得突然吗？”

大盟探究地瞅我一眼，在小桌上的烟灰缸里，重重地揿灭了烟蒂，说：“有点意外的。玉兰事前只是郑重其事对我说，是你们两口子请客。进了包房，看见她，我事前没思想准备。”

“事后你怎么想？”

“我能想什么，听说她争着买了单，那也是应该的。她一甩手去美国那么久，现在又成了女富豪，当然该她请客。”

我抬头望了一眼大盟挂在墙上的那幅毛笔字，意识到他写这首诗的含蓄的意思了。

“没其他想法了？”我追问了他一句。

“没……没有，”大盟惶惑地申辩般说着，摊开了双手，“我能想什么呢？咹，你说。”

我注意到，他这双手每根手指都很粗壮结实，掌心里全是老茧，想象得出，多年的体力活，使他的双手完全变粗糙了，变成工匠的手了。

“所以你不断地喝酒？”

“是啊！酒不错，你夫人带去的茅台，我从来没喝过这么好的白酒。”

“我要告诉你的是，”我用隆重的语气，放缓了声调说，“大盟，李月离婚了……”

“你说什么?”大盟陡地提高了嗓门。

“我说得很清楚了，她和赴美后找的那个丈夫离婚了。”

“为什么?”

“我也不知道为什么，反正是离了。”

“你、你们是什么时候知道的?”

“我们能比你早几天知道呢?”我轻描淡写地道，“我们几个，都只是刚刚才听说。你知道我们听说了以后，在议论什么?”

“说什么?”大盟的眼神变得直勾勾的，双眼瞪得出奇的大，他神经质地抓起小桌上那包纸烟盒，抽出一支来，夹在手里，却又不找打火机点燃，只是有些痴呆地坐着。

我笑道：“我和玉兰在说，你齐大盟，不是至今仍然单着嘛……”

“你们想到哪里去了，”大盟带点歇斯底里地叫了起来，“亏你们想得出来。我算什么? 上海滩底层混口饭吃的打工者，甚至还不如混得好的那些农民工工头。”

我冷冷地说：“不要自暴自弃。你能自食其力，又会家庭装潢设计，靠劳动的双手养活自己，就很了不起。”

大盟乜斜我一眼，“你不必安慰我，也不要讽刺我好不好?”

“我是真心的，大盟，”我诚恳地说，“在我心目中，你比那些趾高气扬的贪官污吏好多了。我干嘛要讽刺你? 我和玉兰他们，不过是同情你罢了。我吃饱了撑的，专门到你家来讽刺你几句?”

大盟的肩膀动了动，侧过脸去，擦火柴点烟，连点了两次都没点着，他有些羞恼地道：“你们没瞧不起我，那么李月呢? 她……”

一句话扼在他喉咙里，他的嗓音有些变了。

“李月也一样啊，你没看见，见你来了，她很高兴……”

“我可没看出她有啥高兴的。”

“她主动抢着去买单了呀!”我振振有词地说，“大盟，也许我忽然闯到你这里来，你没思想准备，有点猝不及防，没关系，你冷静下来，仔细想想，我和玉兰他们的一片好心。都一把年纪的人了，我这辈子也从来不干撮合男女之间的事……”

“是啊，你们是一片好心，我明白了。”大盟的眉毛拧起来了，深吸了一口烟，手指点着自己的鼻子道，“可我这些年里，守着这又小又穷酸的家，是怎么过来的，你们知道吗？我怎么在打发日子，你们明白吗？哼，真是异想天开，要我和李月……嗨，玉兰不也是离了婚一个人吗？她为啥不替自己找个靠得住的男人？来操我的心。我究竟是怎样一个人，她同样生活在上海，她了解多少？知道多少?”

说着说着，大盟有点莫名地激动起来。

我只得淡淡地一笑说:“玉兰还是想找一个的，只是还没碰到合适的。”

其实，我心里明白，大盟在借刘玉兰说我。我对他的生活真相，这些年里打发日子的真实情况，又知晓多少呢？我的眼前掠过刚才小卫生间里冒出来的那个女人的身影。

直到此时，我才意识到，看在和李月特殊的关系上，看在李月的美貌上，看在她和我之间充满信赖的那份儿情愫上，我替她与大盟之间传这么一次话。如玉兰说的，真正进行起来，事情远比我想象的要复杂、微妙。不但大盟的自尊心远比我想象的强，就连今天的李月，为什么现在还要来找大盟，我也没真正弄明白。说不定，还真像玉兰直通通说的，我拜访了大盟回去，李月已经改变主意了。

那我这中间人，岂不……

我觉得这事儿决不能勉强，听之由之吧，反正我已把话传到了。

两人一不说话，8平方米的公寓小屋里啥声音也没有。弄堂里有人在拉一辆拖车，铁轮子滚动声清晰地传到四层楼上来。马路上汽车的喇叭声，隔得远了，也隐隐地传过来。

“你突然来了，撞见了刚才那个女人。”大盟的脸仰起来了，皱着眉头，深吸一口烟，主动说起来了，呼出烟雾的同时，他接着道，“我作了解释，那也是真实情况。不过我从你的眼神里看到一丝狐疑之色，你是写小说的，你肯定不相信。不过你又念着我们是多少年老朋友的关系，不说破。我知道，我再多解释你也是不会相信的……”

我乐了，笑着道：“你怎么绕口令说个没完了？像个心理学家……”

“不是，”大盟打断我的话，拿巴掌挥去我们之间的烟雾道，“你的狐疑不无道理，我的说明也是真实情况，不过呢，我隐瞒了最重要的事实……”

不及说完，他转过身去，拉开紧挨着床贴着墙壁的小三抽桌屉，他不去拉抽屉，我不会仔细打量这张桌子。嘿，你别说，这竟然不是一只简易的宜家出品三抽桌，而是一只陈旧的朱红色三抽桌，有些年头了，颜色暗沉，却仍显得牢固。

我不由问：“这是抄家还回家的老物？”

“咳，你只说对了一半，”大盟说着从抽屉里取出一张纸，瞅了两眼，又塞进去，遂而拿出一本人造革的活页笔记本，拍击了一下人造革棕色的封面，道，“是抄家还回来的，只不过我父亲那只九个抽屉的红木大写字台已经找不着了，发还抄家物资的时候，用这只红木小三抽代替，补了 80 元钱。80 元钱家里人拿了。这只三抽桌，也是父母亲留了话，说留给大盟吧，占地方小，放进 8 平方米小间正好。这才归了我。”

我心里一阵感慨，小小一只三抽桌，还有故事哩。

大盟扬起了手中的笔记本道：“你现在是名作家了，一定早忘记了，当年无论在学校，还是下乡在公社，大伙儿都说我们俩是有名的两个笔杆子。”

“我怎会忘记，语文老师打出的作文分数，每次你得的都比我高。”我举起手说，“公社里要组织写批判文章了，总是点名叫你去。从来不要我，只因农民们都说你的毛笔字写得好！”

“那是我父亲的问题先有结论，人家不信任你。”大盟以深知内情的语气道，“不过，只有李月为你说话，她对我说，也对公社干部说，你的文笔同样出色。”

我只得坦然地笑道：“那是什么年头的老皇历了呀！”

大盟把人造革笔记本递给我，道：“闲下来，我有时也写些杂七杂八的东西，你拿回去翻翻，一看就知道，我和你撞见的那个女人的事了。不过，我有一个要求。”

“你说。”

大盟严肃地伸出一根指头，晃了晃说：“只许你一个人看。你家夫人，包括李月及其他任何人，都不准看。”

“明白，”我以肯定的语气道，“我能做到。”

大盟把吸剩的三分之一支烟在烟灰缸里掐灭了，站起身来，

“一切等你看完了再说。我呢，还要去一户人家，为他家装修做个设计。是一位文化人，我得实地看一看，听听客户的具体要求。”

我也觉得该告辞了，于是把大盟不无信任交给我的笔记本放进随身带来的包里，把签上大盟名字请他惠存指正的一本新书拿出来，放在那只有特殊时代印记的三抽桌上，说：“你闲下来看着玩。”

大盟拿过书，翻到扉页上，看见我写的“大盟老友”的称呼，露出了笑容，道：“我一定认真拜读，认真思考。”

走出他小小的8平方米的家时，我听得出，他这一语双关的话语的意思。他会认真地想一想我带给他的关于李月的话题。

六

大盟确实是有写作基础的。从写下第一个字开始，他就没想到要发表，故而他写得十分坦率、大胆。

坐下我一读开，眼神逐渐适应了他粗粗的钢笔写下的一行行字体，就放不下了。读着他记录自己真实情感的文字，我不由自主想起了法国随笔作家热纳维埃芙·拉波特记叙她和毕加索交往的那本集子《画布上的泪滴》，拉波特是位女性诗人，她的文笔即使翻译过来，都能读出诗性的淡彩和线描的功力。而大盟是个男子，我只知道他有写作基础，能编黑板报，能写大批判文章。没想到写起自己的感情经历来，也能如此传神。他坦然地让我这个老友读一读，一是充分信任；二呢，他也是在向我剖析自己，把一个真实的中年男子的情怀、情感、情欲毫无遮掩地袒露在我面前。怪不得分手时他说，一切等我读了他的笔记再说，他写下的这些细枝末节的事儿，他和那个钟点工女子的交往、纠缠，确实也不便在他和我之间面对面讲述。

下面是他在人造革笔记簿上写下的。

小卫生间里传出沐浴的莲蓬头喷淋声，还有瓷盆碰到洗脸池上的脆响，把我从午睡中唤醒了。我瞅一眼腕上的表，午后的 3 点还差 5 分，那么说明我还是足足地睡了个午觉，该起了。

不过就像以往午睡多睡了一样,我浑身懒洋洋的,仍不想翻身起来。还想在我这张宽敞的单人床上多躺一会儿。

哦不不,躺是一回事,我迷迷糊糊的脑子里想弄明白,小卫生间里的响声是怎么来的,才是真的吧。

是啊,我的这个小卫生间面积很小,却还开着两扇门。一扇可以通向四楼上的大阳台,还有一扇嘛,就是通我这间小屋。进入小卫生间沐浴了,只要在里面把两扇门的搭扣全扣上,外面的人就进不去了。反之,小卫生间要通风透气了,我把通阳台上的那扇门开着,就达到目的了。黄梅天、盛夏酷暑时节,只要我在家,又不舍得开空调,我就把两扇门全打开通风,还是能起到凉快的作用。而在正常情况下,通阳台那扇门虚掩着。一般来说,很少有人私自溜进小卫生间沐浴或用水啊! 这会儿小卫生间里会是谁呢?

稍清醒一些,我就想起来了,303的居民小组长找我商量,说我这个单身汉、"老克勒",原本就住房狭小,只有8平方米,平时只知道接活赚钱,房间里的情形整个像狗窝、鸡棚样凌乱,经常被子不折,臭袜子积起来一堆,衣物东一件西一件乱搭在椅背上,丢在床上,烟头乱扔,房间里臭烘烘的,邻居们往你家里望一眼都要皱眉头、嗅鼻子,谁都不愿进你家门。你自己不嫌弃,大妈们跳广场舞时讲起来,我这三楼邻居都脸红。现在有个人,看不过去了,愿意帮你收拾,保证把你这间小房间,收拾得干干净净、窗明几净的,你天天睡在里面舒服,邻居们也不会有闲话了,现在就看你本人,愿不愿意了。

我问:收多少费用?

303摇头道：不收费。

我不相信：有这等好事？

人家只有一个要求。

“你说。”

303说：“这人是我们楼和附近弄堂里的钟点工，是从安徽六安乡下到上海来打工的，叫洪石榴。”

“红颜色的石榴，好记。”

“人家是三点水的洪。她呢，因为干活细致，善解人意，接了不少活。但她自己租住的半地下室房间呢，离我们这里远。在我们楼里干完2点到4点的活，她要赶去幼儿园为另一个雇主接小孩，那个幼儿园离我们这里近。要洪石榴接小孩的雇主付钱很大方，但他们对钟点工有个要求，每天送接小孩时，一定要穿戴得像模像样、整洁干净，尤其不能带着啥气味去接孩子。洪石榴要赶回家去梳洗换衣裳呢，一来一回时间又不够了。听说了你这里有个小卫生间，她就提出，能不能让她免费使用小卫生间。她呢，保证你的小屋一年到头干干净净的，还可以定期为你换洗被子、垫单、脏衣服啥的。她能做到节约用水，不再给其他任何人来使用。”

303详详细细有点啰嗦地给我说完，不等我回答就自作主张地道：“大盟，我看你不过多付一点水费、电费，换来里外的干净整洁，就答应了吧！你这小房间的卫生问题一解决，我们这栋楼还能得卫生红旗呢！嗯，你想想。”

303就像我们这拨老伙伴中的刘玉兰，是个热心于居委会、街道工作的好人。我能不信任她吗？好在，户口簿、证件啥要紧的东西，我都放在莘庄那套两室一厅的小保险箱里。8

平方米小屋只是我在市中心的栖身之地。

于是,我就把房门钥匙交给她了。

这会儿,小卫生间的声响,一定是这个叫洪石榴的钟点工弄出来的。说老实话,经303从中穿针引线,我这间8平方米的小屋,面貌整个变得焕然一新了。首先是一眼看上去的杂乱无章不见了,其次是交织着烟味、酒味的异味没有了,一切家什物件,变得井井有条。每天在外头干完活回家来,我也觉得舒服多了。就连那间小小的卫生间,我刚从外地回沪时换过的瓷砖和喷淋洁具都抹拭得明光锃亮。我还对比了水电费单子,不过比我一个人使用时,多了几个字。对我来说是小意思。故而,我对这个叫洪石榴的钟点工,也就留了一个心眼。说真的,303找我之前,我似乎是在楼道里见过钟点工的人影,但她长什么样子,我一点没印象。这会儿有了好感,我倒想见见她,至少知道她长个什么模样,多大年龄?

嘿,今天她来了,我总算可以见她一面了。

我微阖上眼,装作仍没从午睡中醒过来。小卫生间里响动持续了一会儿,那扇门仍关得严严的,我突然想到,闭上眼装睡,听到声响就睁开眼,未免太假了。干脆坐起来吧,大大方方地和洪石榴认识一下,顺便也好谢谢她。于是我坐了起来,天气热起来了,午睡时我的身上只盖了薄薄的空调被,哪晓得掀开空调被,刚把双脚伸进床前的拖鞋,小卫生间的门一声脆响,打开了。

我应声仰起脸来,不由惊得呆住。出现在小卫生间门前的是个完全陌生的女人,她穿着一件套上身显得过紧的小背心,一条齐至膝盖的中裤,光脚趿着一双拖鞋,最为显眼的是,背心太小太紧了，她胸前的一对乳房，绷得紧紧，翘得老高，顿时晃花了我的双眼。哦，如此近距离地和一个陌生的女子相见，对我来说确实有点异样。

她一眼见到床沿上的我，显然也吃了一惊，眼里闪过一丝窘迫尴尬之色，整张脸露出腼腆羞涩的模样，那眼神似想往什么地方躲般闪掠了几下，遂而脸上露出善良的微笑："你、你就是……"

"你，呃……"

几乎在她开口的同时，我张了张嘴，听她说出话来，我就没往下说。她抿了抿嘴，凹陷下去的下巴中央，像被刀划过似的掠过一道暗痕。这模样使她的脸更给人一种畏怯之感，她说的是混杂了安徽口音的普通话。

我趿上拖鞋，站起身来。这会儿我察觉到，她是个手大、脚大、身躯也比一般上海的中年女子大的女人，这使得她的胸前高耸的乳房更加引人瞩目。我陡地感觉到，这小小的 8 平方米的屋子有点容不下她，刹那间，我这小小的家里顿时全弥漫开了女人味儿。这可是我住了这么多日子，从来没有过的幻觉。她的出现，仿佛给我这个家增加了光亮，似乎她的身上在闪闪烁烁地放出光芒一般。真是怪。

"钥匙是 303 的许艳阿姨给我的，"还是她先仰起脸来，望着我解释般说，"她说你给的钥匙，要谢谢你，帮助了我……"

"要谢谢你，"我急忙截住她的话，抢着说，"只要来，就把脏乱的小屋整理得干干净净，你、你就是……"

"我叫洪石榴，给楼里两户人家做钟点工，"洪石榴说话显得自然一些了，但她的神情仍十分拘谨，眼里闪过阵阵不安的神情,“家里有什么活,以后你尽管说,我的手脚麻利,一带就带过去了。我知道,你是一个人。许艳阿姨说,从没见什么女人来找过你,也没听人说你有女朋友啥的,需要做的家务活,只要是我能做的,我、我都……”洪石榴有些忙乱地说着。

我的双眼盯着她的脸看,自从第一眼看到她,我的浑身上下掠过一阵又一阵的不安和惶惑,我也不知自己不安、惶惑什么。她是个女人,丝毫不会威胁到我、恐吓到我,但我就是不安。我镇定着自己,极力想要弄清楚自己内心之中慌乱些什么;我分神了,只见到她的嘴巴两片唇在动,不过她说的话我一句也没听进去。我看得清清楚楚,她不是个漂亮女人,一点儿也没有女人的妩媚蛊惑之处。但她也不难看,不是丑八怪。只是眉眼也好,鼻子、嘴巴及组合在一起的五官也好,一切都是平平常常、普普通通的。就好似我每天在马路上见过的那些擦身而过的路人那样,是个平常的女人。但为啥出现在我的小屋里,会引起我的惴惴不安和惶惑呢?我双眼盯着她的脸庞看,看她淡淡的眉毛下的一对眼睛,看她不高不低的鼻梁,看她不时蠕动着的嘴唇,看她在上海打工久了变得白皙的肤色。是不是凝盯着她看,看得她也慌张起来,她的眼珠惶惶地转了转,提高了点声气在叫我:“大盟,你、你是叫齐大盟吧?”

“是的。”她的这句话我终于听清楚了。

“你为啥紧盯着我的脸看?”她的手掌抹了一下自己的脸庞,“是我脸上有啥没擦拭干净?”

“没,呵,没有,”我知道自己有点失态了,急忙摆着手,“是、是我……”我陡地明白过来,为啥只盯着她的脸,只因我的眼神不敢乱转,她的一对乳房耸立得太高,太晃眼了,我抑制着自己，她翘得高高的乳房仍不时顽固地掠过我的眼帘，如若我的眼神在她胸部停留得稍久一些，我的心就会怦怦地乱跳，跳得十分剧烈，跳得我自个儿都听得见，跳得我浑身不安。噢，是的，自从李月离我而去，我好久好久没有碰过女人了。墙上那首诗，不就是在心灵躁动时写下的嘛。

“今天你在家，我恰好要给你说件事。”她没有盯着我问下去，抹拭脸的手很自然地向我招了招。

我茫然地问：“什么事?”

“你跟我来，”她的左手抓住小卫生间的门把手，把门打开，右手很自然地伸过来，拉住我一只手说，“你随我进来看一眼就明白了。”

她带头走进了卫生间，自然得仿佛我就是她家人。我的手被她拉着，更觉得她有一只大大的巴掌，这一瞬间，她的大巴掌像一团火似的烧灼着我，我的手顿时烘热起来，她的左手伸到洗脸盆边的开关上，“啪嗒”按了一下，镜子上面安装着的灯管亮了，把小小的卫生间顿时照耀得明光锃亮。几乎是同时，镜子里映出了洪石榴的形象，我一转脸，刹时从侧面看见她耸得高高的乳峰，甚至最高处的乳头，也在她背心里面顶得樱桃般鲜明。恰在这时，镜子上方的灯管颤抖一般闪动起来，一会暗，一会亮，还发出信号般清脆的微响。

“你看到没，灯管要坏了……”

“我去买根灯管，把它换了。”我赶紧说。前几天，晚上沐浴时，我也察觉灯管要坏了，想到要换，白天活儿一多，就忘了。

“我是说，”洪石榴的食指点了上方一下说，“我是白天使用浴室的,不开灯。发现以后,我就想到你是晚上使用这里的,灯管坏了,黑漆漆的,不方便。要不,我去买根灯管,帮你换了吧。”

说着,洪石榴把灯关了,小卫生间顿时光线暗淡下来,但我和她的身子,在镜子里仍然还是清晰地映显出来,小卫生间毕竟太逼仄了,我和她几乎挨在了一起。

“不、不不,”我连忙道,“还是我抽空去换,我知道尺寸长短。”

说着,我伸出手去,摸住了仍在发出轻响的灯管,灯管发烫,是该替换一根了。我习惯地转动了一下灯管,有些刺耳的轻响停息了,灯管也不再颤抖闪烁。

“嗨,这会儿不抖了,”洪石榴欢心地说,“到底是房主人……”

她的话未及说完,我放下手来。收回来的时候不知是怎么搞的,不经意地触碰到了她穿着白布小背心的胸部。我像被火烫着似的缩了一下手,说声:“对不……”

刚吐出两个字,我的手被她的两只巴掌牢牢地逮住了,她用力地抓住我的手,按到隆得高高的胸脯上,斥责般地问:“你是要摸吗? 咹!”说着,一双眼灼灼地瞪着我。

“呃……”我顿时怔住,双眼躲闪着她的逼视。

她“噗嗤”一声笑了,似讽刺,又好似讥诮:“要摸,你摸罢。我这身子,好久好久没男人摸了!”

我的头脑里“嗡嗡嘤嘤”发响,她的声音很轻,传进我的耳朵里却似咆哮的海啸一般。说话的同时,她的双手把我的手重重地压在她高高耸起的乳房上。

我的手上早就触摸到了她乳房轮廓的柔软，哦，我有一种手足无措之感，我想缩回自己的手。可她的胸部热烘烘的像有磁铁般吸附着我的巴掌，我的每一根手指。

几乎与此同时，她的脊背佝偻着整个靠在我的怀里，她侧转过身子，扬起了她线条分明的脸，热乎乎的脸颊贴上了我的下巴，两片石榴红般滋润的嘴唇微张，发出催促般的哼哼："嗯。"

我一低头，只觉得她浑身上下成熟女人的酮体散发着醉人的芬芳，弥漫在整个小小的卫生间里。

我一俯脸，就同她微微翕动的两片嘴唇吻在一起。她在亲着我的同时，发出一声从肺腑里涌出来的欢声。

一切就这么发生了。

和爱情风马牛不相关，和所有的恋爱都不同。

只因她是个女人。

我是个男人。

纯粹是性的吸引，冥冥之中太久的期待和渴望。

是的，除了李月，我从来没有这么近地见过一个活生生的成熟女人。她穿得那么少，小小的几乎勾勒出她上身所有曲线的背心，一条贴身的中裤，色彩都是淡淡的。她那白皙的大腿和长长的手臂，她那耸得高高的轮廓鲜明的乳房，让我又紧张又离不开目光。我在那一瞬间产生一种贪婪的好奇，是有一股内心的魔力推着我去挨近她、抚摸她、触碰她，这是可怕的欲望，不顾廉耻的憧憬和向往，想一探她小背心和中裤里面的秘密。她的脸确实不够迷人，可她的肩膀和整天劳动的胳膊都是圆润而有弹性的，再加上她的比一般女人都要大的手脚，意外形成匀称的体态和骨架。总是在干着各种各样钟点工的活吧，使得她的整个体型较为粗壮，但仍不失乳房、腰肢特殊的美。

尤其是她赤裸裸地和我躺在那张宽大的单人床上时，我越加体会到她作为一个异性、一个女人的诱惑和可爱之处。

没有经历过恋爱的阶梯，根本没有爱情可言。至多只能说是在神交时相互有点点的好感而已，可我们之间的“性”却十分和谐与从未有过的淋漓尽致。

从那个下午如火如荼的第一次就相互感觉到了。从她赞叹的眼神和满足的慨然姿态就看得出来。

她在我的耳边亲昵地说：“你是懂女人的。”我回眸瞅她一眼，她又补充说：“这栋楼里那些人背后说你，相貌堂堂、一表人才的男子汉，身边没个女人，别是身体有病！连我都相信了呢。”她说着，把我的手放到她圆滚滚、肉扑扑的乳房上，接着慢悠悠地说：“从你和我亲热时的举动看，你不像是没和其他女人睡过。”

她停顿了一下好似在等待我的回答。

我茫然地望着她盘问般的眼神，脑子里掠过李月的脸。

见我没答话，她整个身子贴紧了，在我耳畔柔声问：“有过吗？你如实说，我都全给了你。之前什么事儿，我都不会在意的。”

我怎能把李月的事给她讲呢，跟她提当年的李月，不是添出口舌来？不过她的话让我想起了和李月的情事。没错，李月同样也是女人，而且当年还是个美少女，无可挑剔的“班花”

“校花”“公社之花”，她即将去上高校的临别之夜，我和她亲密无间地度过了一个不眠之夜。她的乳房还是小小的那种，哪有像眼前的洪石榴的乳房这般丰硕啊！那时的李月是个处女，而现在和我睡在一张床上的洪石榴，照303许艳阿姨的说法，三十六七岁的农村妇女，早结婚生过娃娃，不仅有丈夫，肯定还奶过孩子，才可能有如此饱满的双乳。只不过，在这之前我从未打听过她的详细情况。一个钟点工，她的丈夫和孩子，与我会有什么关系呢？

自从酣畅的做爱以后，之前和她没有过恋爱、也无爱情的我与她之间，不知不觉有了种亲近感。我是从她躺在身边时，一只手从没离开过我的身体看出来的。她大大的巴掌不是张开搭在我的肩上，就是放在我的胸口，好像竖起耳朵在聆听我的心跳。或者亲昵地搂着我的腰肢，让我张开双臂抱紧她。要不，她就干脆抓着我身上她最喜欢的地方，轻轻地揉搓着、摸索着。

头天下午，她一直待到天黑下来，我和她不约而同感觉到饿了，她才依依不舍地离去。

离开我8平方米的小屋时，我们俨然像一对难舍难分的情人。亲了又亲，吻了又吻，才摸索着幽黑的楼梯，蹑手蹑脚下楼去。

第一次做爱以后，我们俩都出了一身透汗，静静地躺着休息了半个小时。是她提议，卫生间就在家里，我们一起去沐浴冲一下。是她捉着我的手一起走进小卫生间的，她熟练地打开了热水器，调好了水温，然后拿起莲蓬头，朝我身上冲刷。她喜吟吟地说：“你不要动，一动不要动，让我替你洗。”她按出一小点沐浴液，添上了一点儿温水，在一双大巴掌里搓了搓，然后抹上了我的肩胛，张开了巴掌，耐心细致地在我的身体上，慢慢地搓洗着。沐浴液滑爽细腻，她的手温暖灵活，一会儿按在我的胸大肌上打圈，一会儿在我手臂上下洗涮，特别是搓洗到我的后背上时，我感觉到从未有过的舒适酣畅，不由自主地轻哼出声。她的嗓音透过热水的轻雾传进我的耳里："舒服吗？"

"太舒服了！我从来没有这么享受过。"连我自己能发出如此由衷的赞叹，我都没想到。

她水淋淋透湿的身子贴到了我抹匀沐浴液的身上，凑近我耳边，嗲嗲地问："真的吗？"

"真的。"

"那我好吗？"她亲昵地问道，湿漉漉的发梢撩拨到我的脸颊上了。

"好。"

她把我的身子转过半边去，那口气完全是命令似的。说："现在你可以冲淋干净了。"

我仰起了脸，任凭喷洒着温水的莲蓬头把水花冲洒到我的脸上、胸前、后背上、大腿的根部、膝盖上。

她站在一边，仿佛在打量我，又似是一动不动停立着。

"这会儿，你该替我洗了。"她又下指示了，语气是那么自然，口吻是那么亲近。好像我们不是第一次照面认识，而是相当亲近的两口子。我为她如此快地进入角色愕然。

不过，我心甘情愿地照着她的吩咐做起来。她像提醒我似的说，不用抹沐浴液了。她之前洗的时候，已经抹过一道。

只消让温水把全身上下冲透，冲去一些身上的汗就行了。

我遵照着她的嘱咐，张开双手，接了两巴掌喷洒下来的温水，使劲地在掌心里搓了搓，遂而也照她方才为我搓洗时的顺序，从她的肩膀处，轻轻柔柔地往她身体上的每一部位揉摸轻抚，双手触摸到洪石榴浑圆的两肩时，我才陡然意识到，她的体态带着点儿丰腴，她身上的骨骼和肌肉都长得恰到好处，该胖的地方丰实，该瘦的部位曲线显露。虽是三十六七的女子，但她的皮肤细腻滑净，双手无论抚摸到她哪一处，都有一种舒适感。

水花在闪烁着银屑，水沫飞洒着，她同样享受着这一过程，她自然地将湿透了的乌发抹拢到颈后去，脸仰起来迎接着自上而下不停息喷洒的水珠水沫，她的双眼闭着，嘴微微张开，当我的双手小心翼翼地抚摸到她隆得高高的胸部时，我不敢用力，也不敢去直接触摸她的乳房和熟透了樱桃般的乳头，我只是在她乳房的周围揉抹着。

她的身子挤了我一下，面向着我，睁大了双眼盯住，把双手抬起来，拢起自己胸前的一对乳房，问我："你怎么不好好摸它下？"

我歉意地笑着。天哪，她那双眼睛，这会儿一改平时漠视的眼神，辉亮辉亮地闪烁着灵光，说："你看看，看看啊！"

哦，她的乳房本来就挺挺地翘着，充满勃勃生气，这会儿经她的双手往前一拢，耸立得更高了。真的有一股美感。

我愕然地瞪视着，几乎看呆了。

"喜欢吗？"她一努嘴，清晰地问我，"说呀！"

"喜欢。"能不觉得美吗？

"喜欢就是你的，"她半转身关了热水器，说，"走吧，我们再去躺一会儿。”

说着，我们先后走出小小的充满了温馨气息的卫生间，抹干身子，回到了床上。

双方的身躯赤裸裸地挨在一起，产生了一种强烈的吸引感和亲密感，我们忍不住又做了一次爱。

多年来只有我一个人孤零零地居住着的8平方米小屋，由于洪石榴的到来，一改往常的冷清、寂寞、寥落的氛围，变得温暖、安静，充满了情爱气息。

这天原定傍晚要去送货组装的那个单子，我发短信请另一个伙计送了。

洪石榴呢，说要她天天必须换好干净体面衣裳去接的那个小主人，温州的外公、外婆来上海了，急于要见小外孙，放了她的假，她本来想在小卫生间沐浴以后，回到自己的半地下室租住屋去好好睡一觉的，也恰好有空。

故而，我们俩在8平方米小屋的床上，一直缠绵到天黑下来，两人都感觉肚子饿了，才说好一起到附近不远的一个供应苏州风味面条、馄饨、盖浇饭的馆子里吃晚饭。

说好一起去，其实是她一个人先悄悄下楼的。

她说：“我每次到你这里来冲澡，尽量避开楼里的熟人。303许艳阿姨给我钥匙时，叮嘱我说，没必要给人说，省得被人传流言蜚语。许艳阿姨还叮咛，你去了动作快点，少给大盟打照面，千万防着不要让他‘占便宜’。”

故而，她坚持要我晚10分钟再下楼。

她离去之后，我呆痴痴坐在床上，感觉从未有过的放松，从未有过的满足，从未有过的释然。自从在乡下时和李月有过肌肤相亲，有过刻骨铭心的性爱以后，她的断然舍我而去彻底冷寂了我的心。多少年里，我一直像个跑不动的马拉松长跑者一般，拼命想要赶上李月的节奏，跑得我只顾喘气，跑得我身心疲惫，最后仍旧被甩了。当认清李月终于甩掉了我，在美国发了财并嫁作他人妻以后，我的心冰冻起来了。加上“曲线”回归上海以来，我终于认清了，自己不过是个自以为是的落伍者。我生活在上海的底层，靠自己的一份劳动，勉强养活自己，好不容易赚钱买下莘庄的那套新房，装修之后，只在节假日里去小住几天。又没啥积蓄了。没一个上海姑娘愿意和我深交，更别提恋爱、结婚、成家立业了。上海有不少大龄未婚女子，报纸上说她们是剩女，这些剩女再多，可大多数是工作和收入都不错的知识女性、白领，她们中没有任何一个人会看上我。

洪石榴是贫穷的打工女子，是命运将她送到我身边来的。我在之前连个照面也没和她打过，可就是这么个相貌平平的中年女人，和我发生了今天下午到现在的这一切。

像梦。

奇遇。

说出来似乎也没有几个人会相信。可我确实和她有了性，还不止一次。像一滴火星跳进了油桶，我的身心获得了前所未有的放松和满足。我感觉得到，她那热腾腾、浑身散发出女人气息的身子，同样有着带点急切的期许和渴望。但我不了解她，对她的情况，所知道的唯有303许艳简单介绍的几句。她什么时候来的上海，她有没有过男人，她嫁过人吗？打工到底有几年了？打工之前在乡下读过书吗？和人生过小孩吗？

什么都不知道。

什么都不晓得，全都是一片空白。

那么她呢？她对我有多少了解？同样也是如此吧。

她就是个最为普通不过的女人，我就是一个男人。

但是一切却那么真实和如胶似漆般发生了。荒唐吗？不可理喻吗？还有……

放在三抽小桌面上的手机响了，这是一张简陋至极却又坚固的小桌，桌面上小小的廉价塑料镜框里嵌着一张我的照片，这是我的户口终于又调进上海时我走进照相馆拍摄的，既是为交证件照，又放大了作个纪念。那时我还踌躇满志地想在自小长大的上海滩施展一番才华呢！这间8平方米的小屋里，要说装饰品，只有这一张照片和我惆怅地写下的那幅“书法作品”——一首小诗了。

手机响第三声了，我拿过来一看，竟然是她打上来的，屏上显示“石榴”两字。我想起了，这是我们相搂相抱地在床上喁喁细语时，她提议相互存个联系方式。她说，要联系我，她会主动打电话的。

“喂。”我接了手机。

“可以下楼了，10分钟过了。”她提醒般说，语气温婉亲切，仿佛我们相识了多年，她还笑了一下道：“我看你房间的灯亮着，知道你还没下楼。”

果然，已经过了15分钟，我关了灯，赶紧走出去。

我这8平方米小屋所在的公寓，要比街头那边耸得高高的振华大楼档次略低些,1949 年以前,听说也是洋行里有点身份的职员们租住的。据说公寓那一头,原先还有台老式电梯。可从上海滩的住房越来越紧张的年头开始,电梯井的一、二、三、四楼间,辟出了一间一间小屋,也住进了人家。故而,所有住在楼上的人家,只能靠原先辅助性的窄楼梯上下。窄楼梯是公共区域,只装了小灯,到了夜里,上下楼时光线晦暗,非得小心一些。

我从四楼步下至三楼时,在楼梯口迎面碰上了 303 的许艳阿姨,她是从下面走上来的,先看见了我:“大盟啊！今天你回来得早啊。”

“今天要送的货不多,我就回来得早。”我随口说。

“吃晚饭了吗?”许艳阿姨笑吟吟地问。

“这会儿到点了,我出去随便吃点,”我手指着楼梯道,“不想做了。”

“要不,”许艳阿姨热情地做了个相邀的手势,“到我那儿随便吃点,我还没吃呢,有红烧黄鱼,很新鲜的。”

许艳阿姨两鬓的头发白得早,在晦暗的楼梯灯映照下,亮晶晶一片银白。我是喜欢吃黄鱼的,但想到洪石榴在等着,我连连摆着手道:“那怎么好意思呢？许艳阿姨,我一个人方便、方便的。”

许艳阿姨也不勉强,笑容可掬地道:“太唐突了是不是?我邀请得太随便了,下次提前约你。大盟,我的烹饪手艺还可以,原来我在食堂里掌过厨。”

“谢谢、谢谢!”我一迭连声地答应着,向她挥一下手,步下楼梯去。

心里却害怕她再客气地邀请我。

七

读到这儿的时候，我的心中平添了一阵烦恼。

怪不得，大盟要我先读他写的这些文字哩。从他已经写下的这一大段来看，我觉得李月一厢情愿地想要和他重续情缘，补偿他的愿望，要达到目的，有些麻烦了。

大盟和这个打工女子的感情纠缠，虽然开始得有些蹊跷，可往下发展，肯定不是逢场作戏或是……

我翻动了一下活页笔记本，果然，后面还有不少呢！

读完之后再做打算吧。看看大盟和这个叫石榴的，已经发展到了一个什么程度。

两个星期之后的一天，洪石榴给我打来了一个电话。也真是怪，一看清手机小小的屏幕上闪出“石榴”二字，我的心先兀自怦怦地跳了起来。我镇定了一下自己，待响过第二声，我接了电话：“石榴你好！”

“我还以为你把我忘了呢，”她先咯咯地笑着，像在开玩笑，“你还记得石榴啊？”

“记得啊！”这是真话，我几乎天天想到她。

“记得怎么不给我打电话呢？”她不无责备地柔声问。

“呃……”我是想过主动打个问候电话的，不过临到拿起手机，我总是觉得有点唐突，有些话说不出口。再说，每天回到小小的8平方米家中，从整理过的房间，以及小卫生间里的水渍和移动过位置的脚垫、浴液瓶啥的，我看得出，洪石榴是天天来使用小卫生间的。她虽然是个来自安徽六安山区农村的妇女，可她的行为做事，仍有她的自律。她使用的香油、洗发液、护发素，包括梳子和几只塑料的卷发筒，都是自己带过来的。有时候，我的三抽小桌上，还会出现两只橙红色的橘子、一串葡萄、几片小点心、一盒蓝莓什么的，都用小塑料盒包装着，不像是她忘了拿的东西，从她排成一行的整齐显眼看，肯定是她送我吃的。虽然她的手机上没发一条信息，没在桌上留一张纸条说明，我瞅一眼就明白了，这是她留给我吃的。第一次看见透明塑料盒中诱人的新鲜蓝莓，我自嘲的同时，心上还滚过一缕温馨的感觉。我故意发短信问她：小小一盒蓝莓，你忘了拿。

她回了一条短信：那是留给你的。

我不客气地把蓝莓吃了，味道挺好。这以后所有留在三抽小桌上的零食、点心、水果，我都照单全收。我感觉得到她的善解人意。

我把这些看作她是在向我表达心意，是女人的特有的关心，也是对天天使用小卫生间的报答。还有那一份女人的情。朴实的温馨和甜蜜。我没有在短信上谢过她，也没有主动去过电话。她这会儿委婉的责备，我陡然意识到了，就如同我的心中有了一份牵挂，她也是期待我主动打电话的。忖度到这儿，我讷讷地道出了一句："对不起。"

"今晚你回家早吗？"

“有事吗?”

“我来。”她只说了两个字。

我刹那间明白了,脑子里“嗡”的一声响,我忙说:“好的、好的,我等你。”

她轻轻笑一声,挂断了电话。

晚上她来得不早不晚,8 点刚过吧,我想象得到,楼梯上还有人上下的。公寓里每晚这个时候的电视机声、家人之间的说话声,马路上市井的喧嚷和汽车过路声,不时从我这间小屋的气窗里传过来。

我给她留着门。她推门一进屋子,我几乎认不出她来了,她一头浓密的乌发剪短了,换下了打工女子的劳动服,穿着一套看上去颇为时髦的套裙,整个形象打扮和走在大街上的上海中年女子别无二致,标标准准“的的刮刮”就是个上海人。时尚多了。

站在我面前,她变得焕然一新、生气勃勃。

关上了门,我凝视了她一眼,两个人一句话没说,就拥抱在了一起。

当她扬起脸来那一瞬间,我们急切热烈地吻在一起。

就是紧贴着相吻,相互感受着嘴唇的热烈和舌头的搅动。

足有好几分钟。分开的时候,她带着满足长吁了一声。说:“晚饭后,我怕嘴里有味道,用盐水漱了口,又刷了牙才来的。”

她的食指点着自己的嘴说:“你晚上吃了牛肉吗?”

我承认:“为赶时间,吃的是牛肉面。”

她笑了:“我一下闻出来了。怎么,你不认识我了?”她察觉了我惊异的目光。

我指指她的头发:“你去理发店了？剪了个时髦的发型。”

“哪里呀！我自己用小剪刀一刀一刀剪的,你细看看,不乱吗?”她偏着脑袋问。

“不乱,一点不乱。”我瞅着她道,“这么一剪,你一下年轻了好几岁。我还以为发型师给你设计的呢。”

“我哪舍得花这么多钱啊。”听了我的话,她显然出奇的高兴,不由挨近了我说,“喜欢,今晚你就多抱我一会儿。”

我搂抱着她:“嗯。”

她拨弄着我的衬衫扣子,轻声说:“那天以后,睡在我租住的半地下室里,天天夜里躺下,我都要想上你一阵,才睡着。心里有想念了,嘻嘻。”

我抚摸着她剪短了的发根,她的乌发有些粗硬。我说:“我也想的。”

她像是得到了鼓励,把脸往我的脸颊上贴过来:“那我今晚上就不走了,睡在你这里,就是明天一大早,我就得离开。”

我巴不得她留下,说:“那好。我这张单人床够宽。”

“那关灯吧。”她指了指灯,“省得楼里的人来找你,看见了。”

灯关了。

在8平方米小屋的薄暗中,在上海夜还没深沉下来的市井喧嚣嘈杂声里,我和洪石榴脱得光光的,赤身裸体地相拥相抱在一起,一丝不挂地交织盘缠在我的床上,充分享受着男欢女爱的每一份惊喜，尽情体验着色授魂与的甜蜜。她一声一声地在我耳畔发出阵阵欢叫，不时地发出“咯咯咯”的笑声，快乐的笑声。

我同样感受着从未有过的欢悦，只觉得石榴的体味、石榴的气息将我紧紧地笼罩，石榴身上的曲线美得直晃我的眼，微阖上眼睑时，我感觉宽宽的单人床两边好似高出来了，像一艘在轻波微浪里颠摇的小船。这船儿有节奏地晃动着、弹跃着，时而有浪涛泼过来、泼过来……把我俩淹没。

这是性，满足和美不胜收的性。是相互的满足、相互的肆意发泄、相互的需要、相互的心跳到激越的程度，直至尽兴。

天没亮透的时辰，我们又意犹未尽地相互缠绕在一起。

是酣睡得沉吧，我们都从昨夜的筋疲力尽中恢复了充沛的力量。她一边和我亲热，一边欢吟般在我的耳边道：“太好了！太欢了！你这人真让我喜欢……”

她不会说“爱”这个字眼。我理解她嘴里吐出的“喜欢”两个字，就是爱的代名词，就是发自肺腑的倾心之爱。

天稍亮一点，她就安抚般按住我双肩，双脚一伸下了床，脸贴近我耳朵边轻声柔气地说：“我去洗漱一下，马上离去。你再躺一会儿，多睡一阵。”

说着，她在我脸颊上响亮地亲了一口，转身进了小卫生间。

我怕她冷静下来，细想想会觉得我纯粹是在占她便宜，主动在给她打去第一个电话时，提出来：“我想娶你，可以吗？”

她说没听清楚，让我重复一遍。在我重复一遍以后，她反问我一句："你不觉得我们相识的时间短了点吗？"

当然时间很短，我这么讲也很唐突，但是我只想表明，对她我不是逢场作戏，不是仅仅为了满足自己的欲望，我是认真的，我会对她负起责任来。当然，她说得也对，我们认识的时间太短了。我这么突如其来的提议，和社会上流行起来的一个词"闪婚"太像了。

之后两个月，我们幽会了六七次，我自认为对她比一开头时了解得多啦。她说话的腔调，她叹气的声音，甚至她的喘息，她的每一个眼神，她在和我亲密得如胶似漆时脸上的神色和表情，她下巴上那一抹恰似刀痕般的暗影，我都自认为相当熟悉了。还有她那一双鼓凸得沉甸甸又很饱满的乳房颠摇时的细节，我都见好几回了。在又一个夜里，我们在床上亲热得情浓意深时，我一边吻她，一边又给她提道："石榴，嫁给我吧……"

这一次，不及我的话落音，她陡地一下转过身去，拿她浑圆的、白皙的后背对着我，坚决地道："不！"

我一听她生了气，忙问："为什么？我们都像夫妻般睡多次了。"

她仍用生硬的语气回答我："你想想，连头搭尾，我们在一起，才三个月。在乡下，在上海，哪有相好三个月就去扯结婚证的……"

我伸手把她板过来，搂进怀里，安抚道："你不愿听这话，我就不说，该好了吧。"

她在我手背上不轻不重拍了一记，似怒似嗔地说："这才对嘛,相好了,急啥呢……”

其实真正要娶她为妻,我也没把细节认认真真考虑过。比如住在哪里?是莘庄那边的两室一厅,还是就在这8平方米的小屋里将就?上海的亲属朋友接受得了吗?这年头,上海的住房已经开始商品化,像有些人谈论时说过的,我这8平方米小虽小,但毕竟坐落在市中心,每平方米的价格,比起通了地铁的郊区,贵得多了。我这附近,还有市级、区级重点中学好几所,社会上纷纷在说,小户型的学区房,价格一直在涨。

我之所以急于向她表白,是在告诉她,我心里是有她的,对于我们之间的关系,我是认真的。

两次被她拒绝以后,我不急于说这话了。心中隐隐地担心,我们做爱多次了,每次双方都觉得称心满意,怀孕是很容易的事情。一旦怀上孩子,再急急忙忙手忙脚乱地赶着办事情,不是被动吗?

看来,她丝毫未为此担心。我的心情自然也放松下来。

又过了半年,我第三次给她委婉地提出了婚姻大事。毕竟,她三十六七岁;而我,又要比她大好几岁了。我们俩不能总是这样背着人,偷偷摸摸地一次一次相约幽会。

记得是冬夜,上海冷得彻骨的三九严寒零下的日子。她躺在我这张120厘米宽的单人床上,习惯地蜷缩在我的怀里,说好不回能把她冻成冰棍的半地下室租住屋去了。

我又一次给她提及,请她的家乡地方政府,乡镇政府、县政府都可以,由当地派出所出一个证明,我们就能到上海办证。她若嫌年龄大,想要低调,我们只请个几桌,吃一顿喜酒,举行个简单仪式就好了。

这一次，她的剧烈反应，更是让我大吃一惊。

她的身子先是龟缩了一下，继而是难耐的沉默。关严了气窗的8平方米小屋里静悄悄的，只有屋外长廊上一个人踏着高帮鞋底走过的脚步声。楼顶上一块松动的广告牌时而被吼啸的西北风吹得啪啪响。

我敛声倾听着，她却一声不吭，整个身子突然在我怀里颤抖起来，剪成短发的头颅使劲往我怀里埋。

我惊慌地问："你怎么啦？石榴，冷吗？"

我把她紧紧地拥抱在怀里。

"没有。"她哽咽着吐出两个字，随而朝着我仰起脸来，天哪，她已哭成了一个泪人儿，两眼里仍在不断地涌出泪水，脸颊上湿漉漉的，贴到我的脸上来。终于嘤嘤地压抑着哭出声来。

我把她的身子抱得更紧了："告诉我，怎么回事？你得说啊！"

我的话里透着忧虑。

"我不能嫁给你。不、不能……"她断断续续的嘤嘤的哭声变成了悲泣，"大盟，你不知道，你真不知道，我嫁过人，我是别个的妻，我还有两个女儿……"

她的悲泣由于真情的倾诉，终于变成了号啕大哭。只是她扯过了枕巾，胡乱地捂住自己的嘴巴，拼命地不让哭声传开。

我的双手无力地松开了。她的话如同晴天霹雳，炸得我目瞪口呆、六神无主。

我不是没有思想准备的，她都三十六七岁了，又来自安徽的山乡。我想过她嫁过人，有过不幸的婚姻。这才孤身一人到上海来打工。从她和我那么迫切自然地上床，而且在性事上完完全全放得开，一点也不掩饰身体上的需求和欲望，我也晓得她的生活中有过男人。但是我绝没想到的是，和我如鱼在水那么融洽地相好起来的石榴，是个有夫之妇，还有两个亲生女儿！我、我这孤男、我这剩男，不成了一个插足人家婚姻的男人了嘛！

我的眼前飘起来一张废弃的、揉破了的薄薄的破塑料纸，在凛冽的朔风中飘荡着，飘向苍茫的灰蒙蒙一片的天空。

我顿时感觉浑身发冷，一直冷到心底深处。怪不得她对我提出的结婚话题，每一次都那么抵触，每一次都在回避。直到第三次了，她大约在我们八九个月的亲密交往之中、床笫之欢中，感觉到了我不是一个坏人，她才向我道出了实情，怪不得她会害怕地颤抖。

我该怎么办？现在是我该怎么办？她一定是在期待着，诚惶诚恐地等待着我的本能的反应。

从我自己透心窝的发寒发冷，我想到了她的心。

我搂过了她，搂抱石榴这个女人的感觉真的好。我思忖过的，一次又一次缠绵地待在一起，享受男女之欢，享受我需要、她也需要的性。是的，她不是美人，她也不年轻了。可我和她处在一起的时候，感觉是很好的。要说我对她逐渐有了感情，这感情也是由感觉升华起来的。

我把手放在她裸露在被子外的肩膀，拉过被子来，盖住她的肩膀，柔滑的、细腻的、中年女人浑圆结实的肩膀，我轻轻抚摸了几下,凑近她耳畔,问:"能把你的往事,你的过去,你男人和两个女儿的事,给我讲讲嘛!"

我的心头是有疑惑的,既然她有男人,有女儿,为啥从未听她提起过,从未听她说起要去看他们?她不回乡下,乡下的丈夫和女儿,难道不能到上海来找她?

她出声地抽泣了一下,犹犹豫豫的,起先是哽咽着,继而渐渐止住了哭泣,在这个冬夜,把一切都给我讲了。

哎唷,我听到的是个怎样的当代打工女的怪诞家庭啊!

石榴是和她年轻力壮的男人一起来上海闯荡打工的。她当钟点工,男人在建筑工地当个小包工头,领着十来个工人在工地干活。初来上海,他们也想像好多来打工的年轻夫妇一样,赚上一笔钱,先在县城买上房子,让爷爷奶奶带着一双女儿住进县城,陪两个孙女读书。在家乡,县城教学质量要比乡间好多了。

两人谋划得很好,但建筑工地上一场事故砸伤了男人的腿。上海工地老板让他治好了腿,赔付了一笔让他们感觉满意的钱,男人拖着跛了的腿,回到了家乡。男人让石榴留在上海打工,保证一份较为稳定的收入。自己回村里养伤,和父母一起带大两个女儿。根据男人的伤情,上海工地老板赔付给男人的钱,可以让男人在山乡村里像伤残军人般享受一份安闲的日子。

石榴接受了男人的安排,一个人在上海打工度日。她没了后顾之忧,一门心思在上海打工挣钱。比起男人在上海的日子,她的负担还轻些。她不需要忙完了外头,还要赶回住处去侍候老公喝酒、吃饭，替老公洗衣裳干杂活。

头一年仅仅分离了几个月，过年石榴回家和老少团聚，一家老少欢欢喜喜、其乐融融的。她惊喜地发现，男人啥也没变，就是由一个四肢发达的壮汉成了一个走路一跛一跛的跛子，残疾了。仅从脸貌看，男人生活安定了，不像当小包工头时那样操心、费神、算计了，还比原先更中看一些。更让人喜悦的是，村里、乡上看他打过工，当过包工头，见多识广，点子也多，上上下下都要推举他当村长。村里过年那几天，石榴感觉到，这个家从来没有那么热闹过，远亲近邻们纷纷来串门、探望、聊天、打牌，谈得兴起还聚在一块儿喝酒。还没当上村长，男人和乡亲们讲起村里的产业时，已经提出了好几个种石斛、发展山乡栗子，涉及尽快脱贫奔小康的金点子。石榴喜吟吟地用崇拜的目光看着男人。看来，这个由乡里媒人介绍的男人，还真是聪明有才干哩。你看他，去上海打工几年，就混成了个小包工头；腿脚伤残了回到家乡，竟然要当村长了！引得石榴都不想离开村庄，再来上海打工了，她要待在家中，服侍眼看快当上村长的老公和公婆，带好两个女儿。还是男人劝她，再在上海干个二三年，毕竟比她留在家中收入多。男人给她算了一笔账，她留在家中，以干家务为主，兼顾责任田里那些活儿，一年的收入，她若在上海当个勤快的钟点工，一个月就赚出来了。她辛苦点，干上个二三年，家中有一笔积蓄了，再回来，到那时，他真当上了村长，日子就会过得滋滋润润的，让人眼红都来不及了。相互思念了，她从上海回来，或者男人在她女儿放暑假时，坐上车就能见了嘛！

石榴信赖地照着男人的安排，只身一人来上海继续她的钟点工生活。

她真的是勤勤恳恳，把天天打工的日程安排得紧紧的，一家挨着一家做。上午、下午，有的活儿甚至排到了晚上，连双休日都排上。她手脚麻利，待人客气和善，干起活来认真细致，从不偷闲、耍滑、贪小便宜，还经常为对方考虑。老年人、中年夫妇家庭，年纪轻轻的三口之家，都欢迎她去做。薪酬也逐渐在增加。真像她男人所说的，她在上海干一个月的活，抵得上在乡下的家中干一年的收入。甚至于快过年了，上海出现保姆荒，好几户人家表示了，愿意像国家对待正式职工一样，给她双倍、三倍的工资，请她留下来，有要求她去专职照顾老人的，有要她去陪护小孩的，说小孩就是喜欢她这个阿姨。

但她顾不上多赚那些钱，忙忙碌碌、琐琐碎碎的打工生涯足足干了春、夏、秋、冬整整一年，她也想念两个小孩，想念开春已经当上村长的男人，进入腊月，她已归心似箭地想回家乡了。

过腊八节那一日，她带上给两个女儿的好看衣服，带上送公婆的精美点心，还不忘给男人带上好烟，还有一瓶酒，那是一位阿姨在付工钱时，特意送给她的好酒，说是国内的名酒。当然还有银行折子上数目可观的工钱。有了这笔钱，要想在县城里买新房，没啥难度了。

可当石榴拎着大包、小包，换上一身醒目的城市妇女的时装回到家乡时，等待她的却是男人的变心。

当上村长的男人爱上了一个20岁的女人，住进了新盖的气派小楼。俨然成为村长夫人的女子，怀里抱上了一个白胖儿子，大言不惭地说是她和村长生下的。而石榴和男人生下的两个女儿,则和公婆仍然生活在老房子里。公婆劝石榴认命,说他们会想方设法把两个孙女拉扯大,公婆劝石榴不要去告儿子,千万不要去告,告赢告输了的结果,都是他们不愿意看到的。石榴忍气吞声地在家中和两个女儿度过了两个以泪洗面的晚上,遂离开家乡,跑回了上海,住进了那间租住的半地下室。她不能理解的是,当她出现在村庄里时,她并没得到村民们的多少同情,无论老幼,他们都用一种石榴看不懂的眼神瞅着她,好像她就是一个陌生人,一个和众人都没啥关系的人……

听完以后,我只觉得莫名其妙,世间真有这样的事?

而且发生在已经同我这么亲近的石榴身上?

石榴的身子在我怀里拱动了一下,我的沉默可能引起了她的不安。这会儿,轮到她想要晓得我的态度了。

我忖度着问她:“后来呢?”

“没有后来。”

“你真没有告他?”

“没。”

“那么,你们离婚了吗?”

石榴使劲地摇头:“没有。”

“你男人,他已经不要你了,你为什么不跟他离婚?”

“得不到离。”

“说什么,这……”

“要离婚,得村里开出条子,有证明,乡政府盖上章。条子开不出,章,更盖不出来。他是村长,后来还当了副乡长……”

我想说小小一个副乡长，算个什么东西。可再转念一想，我的嘴张着，说不出话来了。

“那么，”沉默了一阵，我改了一个话题，“你的两个女儿现在怎么样了？”

“大的那个，在县城里读中学了。小的呢，在乡里读书。”石榴讷讷地道：“仍旧挨着公婆住。公婆替他拉扯着女儿，开口要点钱，还是要得到的。”

“她们和你联系吗？”

“约定了时间，我给大的那个学校里去电话。她最近向我提出，想要个手机。”

“给她了吧？”

“准备给她买个便宜的，通话就方便了。”

“我就不明白了，他既不要你了，为啥不离婚？”没说几句话，又绕到石榴的身份上去了，“难道他还盯着你在上海打工，赚的这点辛苦钱？”

“那倒没有。家乡那里又搞旅游，又搞开发，上头还有扶贫项目的钱，来钱的名目多得很！当上副乡长以后，讨好他的人更多了。他就是觉得，大小老婆不碍事。乡间嘛，上上下下的人都是觉得：民不告、官不究。哪个愿管这闲事。听那边出来的人说，清官难断家务事。几乎没人讲起。”

“岂有此理！”我愈听愈气愤。

“你要我随你去扯结婚证，这一去办手续，不是先犯了法？”说出这话，石榴又抽泣地低声哭了起来。

“那么……”我简直不晓得如何安慰她，“我们已经是这样了……”

我紧紧地在被窝里搂一下她。她止住了哭泣，哼了一声：“嗯。”

“始终这样不明不白、偷偷摸摸地维持下去吗？”

“只能这样悄悄地……”她哼哼唧唧地低声道，“好像也没听什么人说三道四的，你、你听到了啥吗？”

她睁大了一双泪眼，可怜巴巴地瞅着我。

我能说啥呢？我对她摇摇头，同样低声说出一句：“长久地这样下去，总不是个事。”

“让你受委屈了，”说着话，她张开双臂，抱紧了我，把她整个柔软的身子，贴到我的身上来，像解释又似申辩般说，“受尽侮辱，一气之下跑回上海来，我想靠自己打工赚钱，也能活出一份人样来，过一份在上海城里人体面的生活，有好吃的买来吃，有喜欢的买来穿。时间一久，不行啊！我经常会觉得烦躁，想起自己的遭遇就愤愤不平。白天干着活，也会莫名的焦虑，特别是夜晚，躺在铺上，更时常感觉到压抑得难耐。同是打工女人，说起闲话来，啥话不讲啊！我心中明白，我不缺吃，不少穿，之所以白天生活得不痛快，莫名其妙也会想哭一场，就是没个男人疼啊！恰在这时候，来你们公寓做活时，听说了你，认识你之前，我在大门前见过你的……”

我说：“我一点印象都没有。”

“我晓得，你连眼角都没朝我瞅一眼，”石榴说着，破涕一笑，“公寓里的人背后讲起你，说你仪表堂堂一个汉子，要脸貌有脸貌，要房子也有，还带着小厨房、小卫生间，从来不近女色，也没见任何女人和你同时进出，肯定是有病。你敞着门我走过时，乱得真是……”

我急忙申辩:“我随便惯了……”

石榴倒不在乎,接着道:“303的许艳阿姨把你这里的钥匙交给了我,我进门那天,趁着只有一个人,把你小桌上那张照片,看了又看,眉眼之间,怎么也看不出来你会有什么病,结果一同你好上,你哪里是有病啊!你……你比啥男人都强,只同你好上一回,我就忘不了你了。我是生过两个姑娘的人了,那个男人,从来没像你这么……这么让我感觉自己是个女人。大盟,我是离不开你了,我不要啥名分,只要、只要不离开你就行……”

我还能说什么呢。只能在这冬夜里,睁着一双茫然的眼睛,望着天花板上的吸顶灯出神。8平方米的小屋里,难得的安宁静谧。

我的脑子里浮现出一个念头,万一这时候来一个邻居,比如说居民小组长,或者就是像303许艳阿姨这样的热心人,看见了我和石榴这样子睡在一起,我说什么?事后我怎么解释?说我会娶她,说我们是两个单身男女恋爱,要结婚了。我都说不出口了。我若这么说,不是当众撒谎了吗?

这么思忖着,我的脸颊上热烘烘地发起烫来。

石榴扯了我一下,有点不安地问:“你怎么不说话?在想什么呢?跟你讲啊!和你有关的很多事情,都是303许艳告诉我的,我都看出来了,她讲起你来,一双眼睛发亮。你看出来了吗?她对你是有意思的!”

我不由一惊,打断她的话:“不要乱说。一幢公寓的人,都叫她许艳阿姨。”

“是啊,是啊!她是许艳阿姨,”石榴说,“只因她两个耳朵旁的鬓发白得早，让她看上去显得老一点。”

“是啊，人家都说她五十岁了。”

“哪里啊！她在问我时，我顺便问过她，她不到五十。只是脸貌显得老，其实啊，她才四十多。”石榴以肯定的语气说着，换了一个躺着的姿势，更紧地依偎着我道：“要说比你大，也大不了两三岁。她家中的事，你晓得吗？”

一整个公寓里的邻居，几乎换了一茬人，我从来不去打听其中任何一家的情况。303 的男主人，前几年身体不好，患了什么病，我是听说过的。但恢复得怎么样？我从未去询问过。我摇头说：“不晓得。她家怎么了？”

“许艳的丈夫去世了，出嫁的女儿没和她同住。我亲耳听到，有邻居和她聊天时，关切地问她：要不要给她介绍个人。”石榴的手抓住了我的手腕摇了摇道，“你听听你听听，她要真像你说的那么大年纪，人家会问她这种话吗？”

我的眼前闪现出 303 许艳阿姨的脸庞，笑盈盈的一双眼睛，眼光里透出关切的神情，除了鼻梁稍显点塌，她的皮肤、身材、脸貌上透露的神情，都是健朗活泼的。不过，随着众人喊她许艳阿姨惯了，又加上她过早爬上两鬓的白发，倍添了几分苍老感，我心目中总认为她是阿姨辈的。

“你细想想，是不是这样？”石榴又在问我了。

我有些不明白她说这话的意思，不由问：“那又怎么样呢？”

“你不懂啊，”石榴伸出她那长长的有力的臂膀，环绕着我，常年打工，她的力气不小，一双大大的巴掌摩挲着我的脸庞，爱抚着道，“没同你这样子相好之前，我从未想过。自从和你好上之后，我脑子里就会冒出七七八八的念头。我一个人在夜半三更醒过来，躺在铺上，时常会感觉孤单、凄凉、莫名其妙的烦躁，有时难受得恨不得吼起来。死了男人的许艳阿姨，不也同样有这需求的吗？她要是关心起你来，晚上到你这里来，或是约你进她家去，不是更方便更简单吗？楼上、楼下，三楼、四楼……”

“你想到哪里去了呀，石榴，”我打断了她的话，终于明白了，她说出这番荒唐话的意思，“不可能的事情。”

“怎么不可能？”她认真起来，两眼瞪大大的，一脸严肃地望着我，一双大手把我抓得紧紧的，“有回我还梦到了，找到你这里来，看见你和她像我们这会儿一样挨在一起……”说着说着，石榴淌出了泪道：“我从梦中哭醒了过来。”

我无言。不过我能感觉到，石榴对我的珍视和爱……这大约就是读书不多的她，对待爱情的方式吧，我伸手过去，抹拭她眼里溢出的泪水，温热的、一颗接一颗。

她神经质地一把抓住我的巴掌，哽咽着道：“大盟，你不晓得，从和你有过第一回之后，我往常的烦恼没了，焦虑的感觉也消失了，也没有了那种时时困扰着我的压抑情绪了。我吃饭香了，睡觉也踏实了，干活起来也没了那种懒神无气感。我晓得，这都是和你相好之后，带给我的。”

说着，她陡地给了我一个响亮的亲吻，继而把脸挨近我的脸颊，隆起的胸脯不住地在起伏。遂而道：“生过两个女儿之后，我在乡下就结扎了。我不会再给你生娃娃。可我愿意同你相好、陪伴你，怕突然有一天，你不理我了。”

噢，石榴在我命运中的忽然出现，带给我的，何曾不是如此。和她好上了之后，隔开一段时间，就有一次痛快的、酣畅淋漓的做爱，释放了我的性压抑，我的身体上、精神上都有一种言说不出的愉悦感。自从李月在我的生命中消失，自从对爱情彻底地绝望以后，我的生命中再没有过一个女人。不是我不想，是我没条件想，也没资格想，上海各个年龄层次的姑娘，甚至是难觅对象的大龄剩女，谁也不会看上我这个沦落底层的打工汉子。要文凭没文凭，要正规工作没工作；收入不稳定，讲起条件来，我没一个条件是符合上海这座城市里谈恋爱资格的。我又不愿意像身边有些饥不择食的打工汉一样，去寻觅“野食”，去找“鸡”。石榴的出现，像电光石火一般，点燃了我心中的欲望。

既像是安慰石榴，又似是给自己维持着和她之间这份说不清、道不明的关系寻找理由，我对她说：“我能到哪里去呢？我不是和你一样，是个打工人。不干活，我就活不下去。你既然不能嫁给我，我又能怎么办呢？我还是得守着这间小房子活下去。”

“我心里是把你当作老公的，是我心中第一位的男人。”石榴安慰般对我说着，她把紧紧裹着我们身子的被窝拱动得松了一点，一个翻身扑上我的身子，丰满的中年女人的身子整个儿趴在我的身上，说：“跟你说，比起乡下那男人，你比他好得多、强得多了，别看他现在掌着权，又爱上了一个小娘们，我早把他丢一边了。和他当夫妻时，我从来没主动要过他。可自从和你好上之后，隔开一段时间，我的身体就会燃起火来，想着要你。你说说，这是怎么回事？”

我仰起脸来望着她。

她的脸上亮津津的，满溢着光彩，两朵红晕染上了双颊，脸顽皮地偏向一边，眼睛里闪烁着欲望的神采。尤其是丰腴的胸部，那对鼓鼓地隆起的乳房，两颗红樱桃般的乳头雄赳赳地凸显出来，浑身上下洋溢着我从未见过的性感和妩媚，我伸出手去搂她，她顺势倒下来，紧紧地压着我的胸脯道："我喜欢你，我的好男人，比两个女儿还要喜欢。"

一阵感动涌来。这个女人，从来没说过一个爱字，她嘴里吐出的"喜欢"，其实就是汹涌澎湃般的爱了。

她的主动和热情，瞬间感染了我，包围了我。我闻着从她身上弥漫在床笫之间的体味和芬芳，浑身上下蓄满了从未有过的力量，我摸索着关了灯，凑近她的耳畔，亲切地唤着她道："石榴，来。"

八

大盟仅用三言两语结束了他写在活页笔记本上的札记，仿佛他写的是一份关于他和洪石榴这个女子真实关系的“交代材料”。

我用了过去运动当中专案组逼迫被整对象常用的“交代材料”四个字，是指大盟在写下这份札记的时候，只求如实地写下他和洪石榴之间的情感纠缠，不作其他任何考虑。

他只是要给自己人到中年的情感留下一份记忆，写的时候，他甚至都没想到会给我这个朋友看。

我们是老朋友，但也仅是老朋友而已，认识得早，有过一番共同的读书、下乡的经历。说实话，近些年来，我们之间的接触很少，不是因为受李月的委托，不是因为刘玉兰的从中撮合，我也不可能走进大盟今天如此逼仄的家中。故而我完全相信，大盟坦率地写下的一切，都是真实的。

读过他的这一份札记，我意识到，这件事复杂起来了。完全不像我一开始接受李月委托时想象的那么简单，仅仅是从中传传话，传递一下李月今天情感的愿望。李月是因为遭遇了绝情的丈夫，对前夫包括她的亲生儿子失望以后，才回到上海来寻找慰藉的。她是在回到上海以后，听说当年曾经对她有恩、自己也有过深情的大盟至今未婚，沦落在社会底层，过的是一份平庸而忙碌的生活，萌生和大盟重温旧梦念头的。这里有多少是怜悯，多少是真正的爱情，我都没有分析、掂量、摸清楚。她一点都不会想到，或者说想不到，大盟为满足心理和生理的需求，已经和洪石榴有了一段不短的情人关系。

尽管大盟的札记里写明白了，他和洪石榴之间，一开头纯粹是性的吸引，是因为石榴是个有性欲需求的女人；而他呢，又是一个受性压抑折磨的光棍。他们擦出火花以后，也没有像正常的相互吸引的男女一样，经过恋爱、而后走进婚姻的殿堂。他们因为种种阴差阳错的缘故，仍然不明不白地维持着性关系，却没有真正结合。

直到今天，这层关系应该仍然维系着。我那天偶然地以老友身份闯进大盟的小屋，都撞见了洪石榴。证实他们还是相好的，只不过没有公开而已。

我无从深究，他俩的这种关系，大盟的邻居们，包括那个札记中提到的303的许艳，是不是察觉，公寓里私底下有无流言蜚语，我一概不知。

可我既然已经洞悉了大盟的隐私，或者说老伙伴们并不了解的大盟私生活，我要不要告诉李月。

这是我作为中间人，一时之间决定不了的。如若我贪图省事，应该坦率地把最新了解到的、大盟的身边有一个异性"性"伙伴的事实，告诉李月。让李月去作出判断和决定。那她多半会大感意外、大惊失色，或者从此消失，再不在大盟生活中出现。

这是最有可能的后果，李月不就是因为自己美国的丈夫出轨、拈花惹草，而断然离婚的嘛。

可以往，我们这拨人，在大盟和李月之间，在谈及他们青春年华的恋爱时，都是深切同情大盟的嘛。现在有这么一个李月主动找上来的机会，轻易地让这机会滑过去，我又深为大盟惋惜。况且，大盟长久地陷在和石榴的关系中，哪天是个头？

石榴离不了婚，而他俩之间，仅从大盟写下的札记看，分明已由性而生了情，再讲他俩之间，只有性没有爱，任哪个也不会相信。大盟陷在其中，什么时候才能出头啊？

我这个糊里糊涂成为中间人的角色，实在委决不下。

我该怎么办呢？

和我夫人商量，听听刘玉兰和孔维维的意见，或者约张国庆、王奇、于海鹰、高宏滨几个喝一次茶，由众人一起来拿主意？

而在这期间，如果李月主动联系我了，我该怎么办？把我已经了解到的情况和盘托出，还是瞒着？

瞒着肯定是不妥的，李月毕竟是我们夫妇的老朋友，瞒着她等于欺负人。

而和盘托出呢？大盟的札记只让我看，如果我贪图方便，把札记交给李月，李月恐怕不等读完，就拂袖而去了。这是万万使不得的。

我仿佛看见，自己的面前是一潭沼泽地里的深淖，我的双脚正在不由自主地往里陷进去。

妻仍旧是一副事不关己、高高挂起的态度，她听完我左右为难的简述，嘻嘻一笑说："这事儿是玉兰给你揽过来的。要商量，你先和她商量，不要忙着找其他人听意见。"

我想想，决定不提大盟要我读的札记。只是笼统地讲一下，在和大盟私下接触时，我察觉他的生活里有个女人，是一个从外地来上海打工的女人。没有公开化，他本人也承认。

刘玉兰一接电话，“哇啦哇啦”就说开了：“我说嘛，大盟一个大男人，健健康康的，怎么熬得住？果然吧，和一个打工女人缠上了，也算情有可原。要依我话说，这事儿要说复杂，细究还真是复杂；说简单嘛，也简单……”

我连忙问：“怎么个简单法？”我只想找到个快刀斩乱麻的办法。

“坦率摊牌啊！”刘玉兰在电话那头直通通地道，我几乎能看到刘玉兰说这话时，黑白分明的眼睛一瞪的模样。

“给谁摊牌？”我问她。

“当然是大盟啰！我们都是大盟的朋友，从小一块长大的，当然得为他着想。”刘玉兰直截了当地说，“对他来说，李月找上来了，是好事儿，让他赶紧处理和打工女人的关系，这么不明不白地维持下去，算个什么事儿呢？抓紧撇清这层关系，这应该不难吧。”

“应该……不难的……”我讷讷地道，“万一……万一……”

“万一什么？”刘玉兰显然不解。

“万一大盟对李月当年把他一甩了之的往事，仍旧耿耿于怀呢？”

“呀！别提当年了，”刘玉兰把这事儿看得很简单，“关键是当前，是眼下，大盟至今未婚，连个正经女人也找不着。李月悔悟了，对他仍有旧情，他应该珍惜，应该抓住这个机会才行。他要还对往事想不通，你们劝劝他呀！要你们这些当年的老朋友干什么？就是在这种关键时刻，起点作用，劝劝他呀！不行，你打电话问问他们几个，不要约来一起喝茶了，你多打几个电话，一个一个问问，看看他们还有啥好主意。我只告诉你，孔维维是不看好这事的。”

我想想,也只有这样了。于是我说:“好吧,我试试。”

“哎、嗳,”刘玉兰又嚷嚷地说,“前提必须是大盟和那个打工的女人,一刀两断!先一刀两断。”

我应了一声,收了线。

张国庆听了我的简单介绍,对李月拍手称好,说他完全同意刘玉兰的主意,让大盟尽快和那不明不白的打工女人断了,做好充分准备和李月重温旧梦,李月这女人保养得好,一点也不显老,大盟这么个老光棍,就不要记仇了,该高兴才是。

王奇是在柜台上接的我打去的电话,他说这会没人购物,正好可以说说话。他完全赞成刘玉兰的主意,让大盟珍惜这次机会,大盟应该原谅李月当年的拂袖跑去美国。那年头,中国人谁不想出国啊,都把美国视为天堂啊!听说美国人的“美国梦”,都觉得追求一辈子也难达到啊!现在李月经过努力,不仅追求到了这样的生活条件,还回来找上门,愿意和大盟重修旧好,大盟该觉得是福气啊!至于双方都有过另一半么,算了,都不去计较就行了嘛!都什么年纪了。快点快点,他等着吃喜酒呢!

于海鹰说得更合情合理,合着青春年华里那份初恋的感情,大盟应该懂得,退后一步自然宽。李月现在退了一步,愿意主动示好,大盟同样退一步,念着往日的情,一切都圆满了。至于其他,都不是问题。现在这年头,有了钱,一切都好办。大盟也算修成正果了,像他这样的中年汉子,可以和李月过上幸福美满的日子。人嘛!不就图这样自在安闲、无忧无虑的逍遥日了。别那么多讲究了。

在上海收藏界混得小有名气并富裕起来的高宏滨,一接电话就说:“这样的好事,一辈子也轮不到我的头上。李月当姑娘时,早早地就成了大盟的恋人,满公社知青都知道他们越过禁区、偷尝禁果,为此,不少男知青还妒忌大盟哩!那天见了李月,她风韵犹存啊!大盟可不能放过这么好的机会,人人看得‘小葱拌豆腐’一清二白的事,大盟心中也该明白的。要我去给他打招呼,没啥问题,我会告诉他的:抓而不紧,等于不抓。这一次可不能把李月放走了。我可是听说,李月是拿到了绿卡的人,她要说声走,买张票就飞走了。到时候,大盟可别懊悔也来不及了。”

到底是在收藏圈时常买进卖出的人,高宏滨说得更明了。

一圈电话打下来,几乎是一面倒的意见,站在大盟立场上,督促大盟处理好自己同打工女人的烦心事,一门心思腾出时间来,搞好和李月的关系,重续这一场秋季里的爱情。他们的话中都透出这一层意思,晚是晚了一点,但是即使是晚秋,风景仍然是美丽的。

我认真地倾听下来,在这一拨老朋友、老伙计们的心目中,完全忽视了洪石榴的存在。也难怪,他们都没见过这个打工女人,有的意识到她的存在,有的风闻过大盟身边有个女人,还有的是听了我的简单介绍,才知道大盟身旁有这么个女人。

唯独我,不仅见过这个大手大脚、相貌平平的女人,我还读过大盟写下的札记。从札记中,感觉到大盟对这个女人,已然由和谐的性而生情。让大盟像所有人说的,快刀斩乱麻地撇清他俩这层关系,不是那么简单和容易的。既然已经夹在他们中间了,我还必须和李月、大盟两人,分别单独见一次。

一个是要从大盟那儿,得到一个明确的答复,他是不是能在尽可能短的时间内,和洪石榴撇清关系,结束他们之间那一段说不清、理还乱的感情。在我看来这是最难的。

另一个是，无论作为老朋友，还是作为受委托去拜访大盟的人，我都得实事求是地把大盟和洪石榴那层关系，告诉李月，看她能不能接受得了今天的大盟。

在我内心深处，我更加担心的是李月接受不了大盟的现状，大盟当前的生活状态、大盟的思想，尤其是大盟还爱上了一个说不清道不明的女人洪石榴。如若李月得知真实的情形，转身就离去，那么，事情一了百了，我就不必陷于这泥潭般的矛盾中了。

故而我第一件要做的事，是和李月见一面，为避免说话时万一出现想象不到的情况，引得两个人尴尬，我决定邀妻同行。

妻同样觉得应该把大盟今天的真实情况，毫不隐瞒地告诉李月。这才是作为朋友，应该做到的。至于李月知晓以后，是个什么态度，那纯粹是她的私事了。

故而妻主动给李月去电话，说我们夫妻要和她见一面，有些必须讲清楚的话和情形，得给她讲清楚。

李月一口答应，还让妻把我们家的具体地址告诉她，她开车来接我们，三个人一道出去，找个地方说话。

我心头一阵释然，感觉轻松了许多。把事情真相告知双方，是我作为老朋友的责任。话说明白了，何去何从，则是大盟和李月双方的自主选择了。

九

李月开来的是一辆崭新的红色小福特，妻平时对小车有些认知，笑道："李月，你本事不小啊，听说，这种专供女士和富家小姐选配的全进口车，整个上海只进来了二十几辆，被那些挖到第一桶金暴富的家庭订购得差不多了！你是用啥法道，购置到它的?"

李月谦虚地笑笑，低调地说："比在美国本土买贵多了，不过想到我准备在上海定居，我还是买下了。上车吧，二位。"

妻打开车门，首先坐了上去，对我说："我坐李月身旁，你委屈一下，坐后面吧。不过，后面是首长坐。"

李月笑笑，对妻道："没想到你啥都懂，谁说你什么事儿都不管，安心悠闲地当了个作家太太了?"

妻问她："我们去哪儿?"

李月一面启动车子，一面道："带你们去个没到过的地方，要喝水，就喝车上的瓶装依云吧。"

果然，车上都放着小瓶的依云水。生活在上海，我们是知道的，这依云水是浦东开发以后，中法合资的净水。目前在上海市场上，是最贵的一款。没想到，李月回来没多久，已经十分适应地融入上海的当代生活了。

红色福特以高速直插往进郊区的那条路。坐在车座上，确实觉得很平稳、舒适。

妻问："这是要去哪儿？"

李月专注地开着车道："远是远一点，不过很快就到。这个小区离市里很近，可以说是难得的闹中取静。"

果然，上了高架以后，红色福特直插市区和松江之间的乡野。眼前的景物很快被江南水乡的稻田、水塘、白墙黛瓦的农舍取代。说实在话，从早到晚生活在市区楼房组成的环境，我已久未来过乡下了。

李月熟练地驾着车，从她的车速来看，她来过这地方已不止一次，颇熟悉乡间的道路了。

来到一处小区大门前，竟然还有门卫，门卫刚把小窗打开，问："你们找哪家？"

李月扬了扬手中的一把钥匙，说："17 号。"

栏杆自动竖了起来，李月驾着红色福特，又是一阵急驶，并在快速中转了几个弯。

来到 17 号别墅门前，李月带头下了车，转身对我们俩说："请吧。"

妻边下车边问她："你这是给我们变戏法吗？17 号是什么地方？"

"这是我以后要来住的家……"

妻又惊问："你已经买下了？"

"不付款，我能拿到这把钥匙吗？"李月扬了扬钥匙道，"难得请到你们，让你俩来看看，我买得值不值？你们夫妻俩，可是我这 17 号小房子第一批客人。"

说着，李月紧走几步，把钥匙插进门锁，打开了门。

我环视着 17 号别墅周边的环境，几株绿树枝头传来声声小鸟的啾啁，树丛的后边淌着一条河，河水清澈，水面平稳。河的对岸就是收割过的水稻田了，有一群小麻雀在水稻田里蹦蹦跳跳地啄食，颇有乡野气息。

李月见我在欣赏她别墅附近的风光，又退出来，走近我身旁问：“你觉得怎么样？”

“真的很安静，环境也不错，住在这里，心自然会安宁下来。”我说，“你很会选择的，有水有树，离市中心又不远。”

李月道：“你们应该也买得起，选一幢小房子吧。”

走进17号院落的妻回转身来问：“你花了多少钱？”

“280万。”李月坦然道。

妻叫起来：“这么贵啊！”

李月和我一起走进17号院的甬道，边走边说：“我买的是二手房，不过先买下的台湾商人装修以后，说他没住过。”

妻又问：“他买下了为啥又让给你？”

李月笑起来：“居住在台湾的太太不同意。你们一定也听说了，发生在美国的纪然冰案，台湾的太太圈震动很大，还组织了游行，抗议大陆去美国的‘小三’勾引她们的丈夫，破坏她们的和睦家庭。17号房主人的太太怕他在上海包养‘小三’，逼着他把别墅出让，说是你因商务要住在上海，可以租住公寓。这房主人被太太闹得没法，就把房子让给我了。”

妻的兴趣被李月的介绍逗起来了，问：“他赚了你多少？”

李月坦然道：“房主人说他急于出手，装修费之外，他加了10万。”

妻不解：“转个手就赚10万啊？”

“你们进去参观一下吧，”李月扬一下手中的钥匙说，“值得，那房主人品位不俗，装修还是花了不少工夫和心思，你们啊，显然还没有这意识。”说着，李月上前去打开了别墅的门。

李月到底是在美国经商的，别墅上上下下几间房，无论是二楼上一大一小的主卧、次卧，起居室、衣帽间，还是楼下的大客厅、位置配备得隐蔽却颇有品位的盥洗室、宽敞的厨房，连同大大小小的灯饰，都既有气派，又不失典雅的家居气息，设计上，连同大小窗户外的小景，也放在一起考虑，怪不得李月爽快地买了下来。拎包入住，她省去了多少琐碎繁杂的操心事儿啊！

不知为啥，随同她走进一个一个颇为讲究的房间，我的眼前不时地掠过大盟的那间 8 平方米小屋。两相比较，拿今天小青年的话来说，那差距简直是两个星球。尽管他另外在莘庄买了一套两室一厅，那也不能同李月一出手就买下的这套别墅比。

我们没在 17 号别墅里入座，李月说她还没在这里正式开始生活，故而连坐下喝的水也没准备。不过没关系，她只是带我们二位老朋友先参观一下，等她正式在这里过起日子来，一定邀请我们和当年的老伙计、老朋友们一起来闹一闹新居。这小区里有个会所，装修得挺讲究，她带我们去那儿坐下聊，顺便吃个简餐。

一起随李月步出 17 号时，妻向我眨了眨眼。我知道，妻见李月主动说出“新居”二字，她理解成李月是一心想同大盟重温旧梦了。

别墅小区的会所装修得如同上海市区五星级宾馆的大堂茶室，不是双休日，李月安排了一个三人雅座，她和妻各要了一杯奶茶，给我要了一杯加奶并添了百利甜酒的咖啡。闲聊了几句，我把在心里打了几次腹稿的话，慢吞吞地告诉了李月。

我去拜访过大盟了，当然是带去了你想和他重新开始接触的心愿。在这过程中，我察觉了孤身一个人在上海生活的大盟，这么多年了，虽然没正式结婚，像我们都知道的一样，还没有找到终身伴侣，但他生活里，是有一个保持关系的女友的。不是同居女友，是一个时有接触的、和大盟一样打工的女朋友。你拿到了美国绿卡，事业上那么成功，下了天大决心到上海来，想要和大盟重续情缘，大盟的这样一个真实情况，我想你应知晓并明了。所以我和妻商量之后，决定要把这一点明明白白告诉你，也唯有这样，才是对朋友负责任的态度。

我轻声细语、慢悠悠地说出这一番话时，妻始终在拿着小勺专心地搅拌她的奶茶，时而拿起杯子呷一口，瞥我一眼儿，遂而又埋头轻轻搅着奶茶。

李月一动不动端坐在红木的沙发圈手椅上，既不动奶茶，也不观察会所里的动静。她只把双臂交叉着，垂着眼睑，敛声屏息地倾听着我说出的每一句话。只在我说到大盟有女朋友时，她的眼睑掀起来，瞥了我一眼，似在窥视我是什么表情，遂而又把目光扫到正在搅拌奶茶的妻的脸上，即刻离开，又垂下了眼睑。

费劲地讲完以后，我补充道："我对大盟讲了，让他了解你的心愿，不必马上答复我，让他深思熟虑之后，再作答不迟。现在我同样对你李月道，说真话、讲真情是我的责任，你不要回答我，在知晓情况以后，你不妨认真地考虑以后，再作决定。这样，对双方都有一个退后一步、回旋的余地。"

妻连连点头道："想想，细致地想想。"

"谢谢！"李月对我们说着，端起面前的奶茶，喝了一口，继而道:“不出我的所料。我想到了的,这么多年了,大盟作为一个身体健康的男人,不会没有性。”

妻陡地抬起头来,望着李月,那神情仿佛在发出诘问,你猜到他可能身旁有女人,你还要……

说真的,李月的话让我也大吃一惊。这是大度,还是……

李月放下手中的奶茶杯,取出杯子中的小勺,放在一边的盘子里,说:“和你们这批老朋友们见面之前,我了解过,也从玉兰那里证实,大盟仍旧孤身一人,至今未婚,我才萌生要去见大盟的愿望的。毕竟分开足有半辈子,20 多年了,你们知道,我独身一人闯荡美利坚的经历吗?”

她说出这话,我和妻不由相对望了一眼,随而从不同的角度、不无愕然地望着曾经对爱情背信弃义的李月。

李月坦然地望着我们夫妇,淡淡一笑说:“你们都知道,我是英语基础好,被学校选去美国的。读书出来,也是因为英语学得好,又有很好的中文底子,我很快找到了工作。你们猜猜,我去就职的,是一家什么公司?”

“薪酬不错的美国公司吧。”妻想当然地说,“在美国,只要有正当职业,就能跻身于中等收入阶层。”

“可你们不知道的是,这家公司是专门和中国做生意的公司。”李月直截了当地道出谜底,“他们专门进口中国的纺织品。你们知道的,纺织品可说是中国大宗地赚取外汇的商品。由于我语言上的优势,办事又细致认真,沿海好几个出口纺织品的省市业务,都交到了我的手里,美国公司收到了我们质优价廉的纺织品,有的稍作加工,有的仅仅更换了商标,就大幅加价推向他们全美市场。而对国内多家公司来说,只要能赚取外汇,对于美国公司的条件尽量都给予满足，时常为完成任务，甚至争相压价。我尽力尽心地干了几年，熟悉了这里面的所有业务和诀窍，很快注册了自己的公司，既略微提高对国内公司的报价，又以比美国公司稍低的价格推向全美市场，客户量顿时大增，业务做得很大，有时往往一张单子，就能稳赚几万美元；多的，还有十几万美元的。”

妻点头道：“我们在上海的老朋友们都听说了，你以惊人的速度成了富婆、成功人士，有了美满的婚姻，实现了很多赴美打工人士梦寐以求的美国梦。我不明白的是，像你这样的人，婚姻怎会破裂呢？”

李月冷笑一声：“富婆，成功人士，享受到了荣华富贵的生活，一度我也意得志满地以为过上了美满的生活。我嫁的男人，看起来是个学者，清朗俊逸、五官棱角分明，迷倒了不少留学美国的中国姑娘。他看到了我在商场上的出类拔萃，处心积虑地来讨好我，追求我。我是得到过大盟初恋甜蜜的女人，随着事业上的功成名就，早就睁大双眼在期待着这么一位风度翩翩、文质彬彬的男士出现，我只觉得一整个春天来到了我的身旁，像大盟一样懂我、爱我的男人终于出现了！我太期待真正的爱情了。哪晓得，这个家伙达到了自己的目的以后，真实面貌终于显露，他哪是什么绅士啊！完全是个衣冠禽兽，整日里花天酒地，玩弄女人，早在我怀孕时，他就欺骗了我，背叛了我。但他很会装，藏得很深，他糜烂腐朽的一面，是逐渐逐渐暴露在我眼前的。你一定记得……”

李月双眼里闪烁泪光，手指点了我一下，接着道：“访美路过纽约时，我找到你住的宾馆来，我在你面前表现得有点失态？”

妻侧转脸望着我道：“我没记得你回来之后，说过李月失态啊！”

李月一怔,瞅了我一眼,端起了奶茶杯子。

我猝不及防,完全没有想到李月会主动提及纽约她醉酒那一夜。

回上海以后,我只对妻说李月来过作家们举行文学座谈的现场。

我怎么能说李月醉得不省人事,在我入住的宾馆里同样过了一夜呢。

那不是多事嘛。

我情绪上有点狼狈地讷讷道:“我太专注于文学交流了,没感觉到你有什么失态之处啊!”

“哦,其实就是你们作家代表团访美的前后,我彻底认清了那家伙的庐山真面目,他不仅仅和信奉性开放的白人女子们乱搞,还仗着头上顶着学者、专家、教授的光环,和黑女人睡,和墨西哥女人乱来,还猎艳般寻找红种女人,大言不惭地叫嚣,要玩遍各种肤色、各个年龄层的女人。他置我于何地啊,他把我这么个有身份、有地位的妻,当成了什么呀?”

李月的眼泪终于忍不住,淌出了眼眶,说话的语气也整个变了。妻连忙抽了几张餐巾纸,递到她面前,低声劝慰她:“慢慢说,慢慢……”

我也看出,妻找不到什么话来安慰她。精神上的伤害,哪是几句劝慰的话能抚平下来的。那只有自己的心灵去承受。

李月接过餐巾纸,抹拭了一下脸颊上的泪痕,转而道出了一声:“对不起。”

“没关系没关系,”妻轻轻抚摸着李月白皙细腻的手背道,“现在你回到上海了,一切会慢慢好起来的。”

“更让我接受不了的，”李月把餐巾纸团在手心里，继续着她的倾诉和发泄，“我那个儿子看样学样啊！把他父亲的为人作派视为榜样，才是大学三年级生，已经交六七个女友了。什么样的姑娘他都带回家来过，一会是个波多黎各的，一会又是个厄瓜多尔的，还有西班牙女郎、意大利女孩……唉，我常常暗自叹息，我怎么会生了这样的儿子！”

妻安慰她道：“年轻人的事情，你睁只眼闭只眼算了，不要去管他。”

“管也无用啊，我问问他，”李月的眼睛睁得大大的，一片茫然神情，“你们猜他怎么说？他说妈，你别来干涉我的自由。我们这是生活在美国，崇尚自由。我有权利挑选姑娘们，女孩也在通过这种方式，挑选我啊！”

妻说：“好在他进了大学，让他走自己的道路吧。总比在国内，有些青年高中毕业后，拼命竞争，还考不上大学，一会儿要复读，一会闹着出国进修，上外国的大学，那才叫烦恼哩。”

李月又端起奶茶杯，喝了一口道：“现在我也彻底失望了。我时常想，追求奋斗了半辈子，难道我要的就是这样的生活？爱情离我而去，男人又是这个样子，儿子与我貌合神离。在美国，有了钱，似乎一切都能买到，所有的物质要求可以轻易得到满足。可精神上呢，无论是痴坐在新泽西的别墅里，还是在办公室忙完业务，透过窗户望着高楼大厦、车水马龙，我时常感觉空虚，时常想起原先在国内的生活……”

妻插她一句：“也想起了大盟。”

“是啊！”李月一点头，躲开我和妻从不同角度望去的探寻究竟的目光，“免不了会想到他的好，还有和他一起在山乡里既苦难又甜蜜的日子。时不时会冒出歉疚之感，这种歉疚，是带着失悔，悔之莫及的烦恼，是丢失了最宝贵的东西的歉疚，是、是一种我都说不上来的欲哭无泪的痛苦啊……从、从这方面来说，我还真羡慕你们俩。”

妻显然不想把这话题绕到我们夫妻之间，说道：“于是你就回上海来了。”

李月双手握住妻的手，摇了几摇道：“忍无可忍之后，我下决心和男人解除了婚姻关系。用几年工夫，逐渐缩减了业务，把明显稳赚的公司做了股份上的分割、转让，只保留了一部分股份，就回来了，回来看个究竟。”

“是啊是啊，”妻笑道，“该回来好好看看，看看中国和上海这些年的变化。买下了这里的漂亮别墅，是考虑要长住吧？”

“有定居的考虑，”李月道，“我有美国绿卡多年了，美国朋友和生意上的伙伴都说，我已完全符合入籍的条件……”

“入了籍，你就成美国人了？”妻又问。

“是啊，身份变了。”李月说，“不过我还没去申请入籍，我心头还是珍惜中国人身份的。回到上海来一看，真是大变了！看了几处远郊、近郊、挨近市区的别墅区，从最早近郊农民开发的乡村别墅，到像这个小区里的别墅，我心中真是暗暗吃惊，像这里的别墅，已经接近我在新泽西的家了，环形的车道、带喷水池的雕塑、仿欧洲的圆柱，还有管理精细的绿化、转弯处的监控，如若像你们两口子，入住在这样的环境里相伴养老，该是多么称心如意、安逸自在啊！”

妻斜了我一眼道：“我给他提过，他不愿意啊！”

“为什么？”这回轮到李月不解了，她向我转过脸来，“是缺钱？

还是……”

我只是笑，不吭气儿。

“什么呀！”妻不满地道，“钱是够的，把我们市中心的房子置换一下，还不止两百多万呢。是他整天瞎忙啊，作家协会的事、人大代表的事，还有他多少算个名人，社会各界的相邀。他说住在郊区别墅里，安静是安静，出入不方便，驾驶员都不愿意。总之，要满足他的自尊心。”

李月又瞅我一眼：“是这样吗？没想到你，还图这些……”

我含糊其辞道：“哪里啊。人嘛，总得投身社会，才会像爱因斯坦说的‘找出那短暂而有风险的生命的意义’，感觉到生命的充实。你是在新泽西风景如画的湖泊边别墅里住过的，从早到晚只有个保姆和你相处，总归要寂寞些。”

“是啊，是啊！所以我说你们要两口子一起住过来。”李月道，“你们看呀，我办好一切购房手续，还不到两个月。听说我那17号别墅，有人已经愿出350万了。”

妻又轻叫一声：“真的呀！”

“这个不假，”我说，“我们人大开会，房地产界的代表预测，上海的房价，还能从世纪之交，有未来15年至20年的上涨势头。”

李月笑得灿烂了：“你这一说，更证明我这房子买对了。我当时付款那么干脆，不过是觉得，和美国的房价相比，280万人民币还是便宜的。我买下以后，上海和纽约，两头住住是乐意的。听了你的话，等于告诉我，这房子还有增值的可能性。太让人高兴了！唷，光顾说话，一晃就到饭点了。我去订餐，你们俩想吃什么？就是会所，事前没预定，简单一点。”

妻代我一起回答了：“你随便点吧，清淡点。他要有个汤。”

“行，我去看看，你俩稍坐。”李月情绪甚好，离座起身，拿起她的随身小包，走向服务台那边。

妻看着她的背影，轻声对我道：“她好像仍旧很怀念大盟似的，听到大盟身边有女人，她都没怎么在意。”

“这是她在商场博弈中，历练出来的吧。”我也往李月笔挺的背影瞥了一眼，小声说，“心里总会有想法的吧。让她去好好往深处想想，深思熟虑之后，她会给我一句话的。”

“你呀！”妻的食指点了点我说，“做大盟和李月之间的中间人，我看你怎么脱身！”

“也算是代我们的青春岁月，偿还点债吧。”我聊以自慰地对妻道，“今天幸好你来了，把握得很好。反正，大盟和李月两边，我都把话带到了。现在，该等他们两边的回话了。我做到了，该说的话我都说了；不该说的话，我一句也没说。”

“我才懒得管那么多呢。”妻又耍开了“事不关己，高高挂起”的脾气，手一挥道，“都是刘玉兰揽过来的事情。她倒好，把事儿往你身上一推，自己躲一边去了。大盟和李月成了，她高高兴兴地来喝喜酒；不成么，她一丁点责任都没有。”

我没接嘴，心里在暗忖：我要图省事，把大盟详详细细写下的那本札记，交给李月自个儿去看。只怕李月不等读完，这事儿就一拍两散，没戏了。哪怕她本人也嫁了男人，还生了儿子。这人世间的男人和女人啊，情感上的事是永远扯不清的。

看他俩自己的造化吧。

“嗳，”看我没甚反应，妻小声对我道，“你知道，刘玉兰这个热心人，为什么这次把撮合李月和大盟这件事，往你身上一推了之吗？”

我摇头，没往深处想，只是道："她一个率性人，就是这样；不想干了，就往我这边推。"

"哪里啊，"妻的声音放低了，往我跟前凑凑道，"告诉你吧，玉兰有她的意中人了！正热着呢，下次遇见她，你仔细观察，就看出来了！"

原来是这样啊！我不由得点头说："那好，那好。"

十

上海的秋天虽然日子不长，比起漫长的夏天和难熬的冬日，天数要少得多。可碰到秋阳明丽的日子，小风轻轻拂着，不冷又不热，无论是在室内，还是新修建的绿地长椅上，都是惬意的。

读书的间隙，时而往窗外望望。这几天恰是上海秋高气爽的日子里最美的紫金天，上海人常说，在这种天色里，人的心情也会喜悦起来。不是么，抬头看蓝天上的白云，是一朵一朵洁白的棉絮般的。而那明净的天色，让静静地坐在那里读书的心情，都要增添几分快感。

我已读完了特意找出来的《情人》和《洛丽塔》两本书，开始读第三本《相爱一场》。和前两本小说比较起来，在国内的读书界，《相爱一场》的影响要略微逊色一些。意大利作家迪诺·布扎蒂的名字，比起美国的纳博科夫、法国的杜拉斯来，在中国文人中被谈论得更少些。但是《相爱一场》既然被誉为即将过去的 20 世纪三本最佳的爱情小说，我仍决定将其重读一遍。在了解了美国人和法国文学作品中如何表达情爱的同时，通过《相爱一场》，也来了解一下 20 世纪的意大利人如何理解当代的性爱。

小说也同《洛丽塔》与《情人》一样，着墨最多的只有一男一女两个主人翁，写的是个中年男子贪恋风尘少女的故事。简直不能想象，这样两个男女之间的情爱故事，能写出 20 来万字的篇幅来。

是的，安东尼奥和拉伊德之间曲折的感情，也是从他们如何相识写起的。往下读，就渐入佳境了。正在细细揣摩布扎蒂如何描绘他所熟悉的城市米兰，手机响了，是李月打来的，颇有些出乎我的意料。

我把思绪从小说中安东尼奥和拉伊德的关系中拽回来，回到现实生活的大盟和李月的感情上来。

在我的预料中，这一对现已重新相见的男女，先给我一个明确回音的，该是大盟。他现在是处于弱势，他得先有态度，采取主动。

没想到，先给我来电话的，会是李月。照谈情说爱中形成的不成文的上海规矩，李月现在的身份、地位和条件，她在上海属于无限优越的一方，不要说大盟这种中年男子，再出色的男士，李月都是配得上的。

“思来想去，还是得劳动你的大驾。”李月在电话里诚恳地说，“得陪我，去见大盟一面。我和大盟之间，最终总要见面，才能把所有的话讲清楚的。你说呢？”

“我说嘛，”我接着她的话音，慢吞吞地道，“让我陪你去见大盟一面，没什么问题……”

“谢谢、谢谢！”不等我把话讲完，李月就抢着致谢。

“不过，去之前，我得知道你的态度啊！”

“我愿意去见他，就是态度啊。”

“是的，我承认。但我得给你讲实话，李月，在陪你去见他之前，我得先去见他一面，摸摸他的态度啊！”我说明着情况。“你想想是不是？”

“这个嘛……”李月似有些犹豫。

我进一步阐明观点：“要我出面做好事，我得把事态往好处引啊!”

“这个……作家,你是不是还有啥情况瞒着我?关于大盟的。”

“那倒没有。”我一口否认,“大盟这个人,你应该知道的。换一个人,落到他今天的地步,有你这么个人出现,会求之不得的。可大盟不同,这个家伙,他的自尊心强得很!当面僵在那里,也不是你想要的结果吧?”

“倒也是,”停顿了片刻,李月在电话里说,“我的态度很明确,你去见他时,不妨告诉他,在我和他重新相逢并开始之前,我们双方都应割断这之前的一切,承诺以后决不打听对方的故事。作家,你肯定理解,我是一个女人,嫁过丈夫,生过儿子,江湖语言说的就是过来人,我啥都经历了。大盟如若珍惜我,他也应该理解。”

“好吧。”我真没有想到,李月会如此大度,在如此短暂的时间里,情感认知上跨过这一大步。看来,在美国的商场上,她真是将自己修炼成了一个当机立断、精明强干的女强人了。

“我尽快地为你们定下时间来。再当一次你俩的‘电灯泡’。”我答应下来。

《相爱一场》是读不下去了,我得静心凝神梳理一下思路,准备和大盟见一面。

晚饭时分,我给大盟打去电话。再忙的人,晚饭前后总是有空的。

果然,手机响了两下,大盟就接了:“嗨,大作家好!”

大盟显得很热情。

“我们见一面吧,”我给他来个长话短说,“你什么时候空,我到你家去。”

“有话说?”

“有话说。”

“还是我去你家吧,每次劳你大驾,我都不好意思了。”大盟给我客气,“我电动车方便。”

“还是我们单独谈好些,我也方便的。”我说,“有的话,只有男人和男人讲才能理解。”

“那我恭敬不如从命了。这会儿我快到家了,晚饭后,干脆你就来吧。”大盟很爽快,我心里说,他大约也很想知道,当李月听说他生活中另有一个女人之后,是什么心态。

我给大盟说了一句,一个小时以后我到,就挂断了电话。

大盟迫不及待的态度,让我感到,李月在他的心上,还是有分量的。李月在他当前生活中重新出现,显然搅动了他的心绪。她的形象仍是那么姣好和美丽。不、不不不,在原来少女时代的美貌之外,李月的身上还增添了一股雍容华贵的神韵。这可不是什么人都能装得出来的。尤其是李月态度鲜明地表达了她的心愿,这些天里已经掀起了他内心的波澜。对于李月的橄榄枝,他不会无动于衷。

我和大盟见面时的难题是,除了完整带去李月眼下的态度,还需要大盟明确表示,和那个洪石榴当机立断地斩断情缘,决不允许藕断丝连,更不能脚踏两只船。之所以有这个担心,我是从大盟那本活页笔记本上写下的札记中,字里行间读出了大盟和洪石榴这个打工女子,不知不觉地已经有了那种暗暗滋生的情愫。哪怕需要一段时间,大盟也必须斩断他和洪石榴的感情。我想,我有能力说服他,他当着我的面,也可能会在口头上答应下来。但是,男女之间情爱上的事,就怕光是口头说说不起作用。另外,那个叫洪石榴的，尽管只不过是个打工女子，还是两个女儿的母亲，目前仍没有解除和乡下男人的婚姻关系。但她实际上，已经走进了大盟的生活，她会轻而易举地接受与大盟一刀两断的事实吗？她出入大盟 8 平方米的小屋，已经熟悉得如同大盟女人一样的程度，她会悄无声息地接受眼下的现实吗？她如果坚决不接受，闹得大盟鸡犬不宁，大盟又该怎么办？

至少我觉得，所有这一切，都应该想到，或者说预测到。从时间上来说，我和大盟当然是近半个世纪以来的老伙伴、老朋友。但李月同样是啊，不能让她遭受委屈。

故而我觉得，今晚和大盟之间这场男人和男人之间推心置腹的交流和沟通，不是平时轻松的闲聊。

我还必须把握好，所有这些交谈，都得是老朋友般的和风细雨，决不能咄咄逼人，得让大盟从心里觉得，我这是为他着想，为他未来的日子着想，为他和李月之间真能得到一段像金秋般美好的爱情着想。

虽然所有的老伙伴、老朋友对他俩感情的进展，各自有不同的预测。但是，有一点是共同的，那就是都巴望着他俩之间有个好结果。

踏上大盟家公寓楼的楼梯时，我不由得感慨，终究有 70 年了，这座我小学时跑上跑下来找大盟玩耍的楼梯，过于陈旧了。已是世纪之交，听说区里和市里一些部门，也把这幢公寓楼列为保护建筑，照着修旧如旧的原则，尽力维护好它的各项功能。大盟作为一个大男人居住着 8 平方米的一间小屋，不知能不能借着这股东风，得到照顾，就此搬出老旧的住宅。那样的话，加上他在莘庄已经买下并增值了的房子,他还能改善住房条件,过上一份雅致而有尊严的生活。大盟和同样居住在公寓的刘玉兰不同,刘玉兰是一个人居住着足有十七八平方米的正房里,况且还有正规的大卫生间和长溜溜的一间厨房,单身住着蛮乐惠的。而大盟,在市区就有点栖居陋室的滋味了。

像大盟说的,他已回到家中,开着通明敞亮的灯,8 平方米小屋也收拾得井井有条。我推开他虚掩着的门时,他正在单灶的厨房里烧开水,小屋内弥散着一股红茶的香味。听到我进屋的声音,他一手端着只硕大的玻璃茶壶走进来。茶壶内满满的一壶红茶,两只玻璃杯已放在三抽小桌上。

"你坐。"他左手指着唯一的那把椅子招呼我,转身往玻璃杯里斟红茶,一边斟茶一边道,"晚上了,怕影响你睡眠,我自作主张煮了点红茶。这古树红茶,是我上门设计装修图纸的东家送的。"

斟完茶,他把其中一杯往我跟前推了推,顺势在他自己的床沿上坐下,说:"刚煮开,还烫,你稍等再喝。"

我环顾了一下他的小屋,只见墙上贴着的那首多少透露他心思的古风诗仍在,小卫生间的门半开着。我瞅了一眼小卫生间,笑道:"不会再撞见那位叫洪石榴的钟点工了吧?"

"噢,"大盟也朝卫生间瞅了一眼,道,"她回去了。"

"回哪儿去?"我和大盟即将开始的交谈,要涉及她,她的行踪我也得了解一下。

"回她家乡的县城。"

"去了还会来吗? 你不是说,她在上海打工几年了吗?"

"是的,自从她那男人爱上了另外的年轻女子,她受尽了伤害,就没回去过。"

“那这一次……”

“这次是她大的那个女儿，进县城读高中了。而她小的那个女儿呢，也在乡里的镇上读书。”大盟皱起了眉头，从三抽桌上的烟盒里取出一支烟，在指甲盖上弹了几下，大约想起了我是不抽烟的，他迟疑地瞅了我一眼，并没点烟。

我见状，对他道：“想抽，你就抽吧，没有关系。”

“那我去把通阳台的门打开。”大盟离座走进小卫生间，我知道，小小的卫生间里，还有一扇通往宽敞大阳台的门。小时候，到大盟家玩，我们这帮小孩经常在这卫生间蹿出蹿进。

大盟打开小卫生间通阳台的那扇门，顿时有风吹进屋里来。

回到床沿边坐下，大盟点燃烟，吸了一口，眉头仍皱着，慢吞吞地说：“她的两个女儿也可怜，从小没有父母的关心和宠爱，就随着爷爷奶奶长大。听她说，大女儿很懂事，少言寡语的，读书用功，进县城中学读书，两次都是她自己考上的；小女儿呢，成绩一塌糊涂，照年龄该升五年级了，可她仍得再读一年三年级。这次是大女儿哭着给她打电话，求她回去，说爷爷病了，奶奶要管着爷爷，管不了她和妹妹了，双休日她们两姐妹没地方吃饭。她接了电话，失了魂一般，对我说这么多年了，她没尽到当妈的责任，她不能只顾着赚钱，把两个亲骨肉丢在一边不管，以后女儿若不认她这个妈，她赚再多的钱又有何用？一门心思在上海打工，她多少赚了点钱的……”

大盟只顾自己说着，眼睛并不看着我，说话的间隙他使劲抽烟，垂着头。看得出洪石榴的离开，对他情绪是有影响。我插话问：“她一年到头打工，赚下多少钱？跟你说了吗？”

“连续打工好几年了，”大盟翻起眼皮，瞥我一眼，说，“以往从没跟我说过，这次她慌忙要走，一家一家去给当钟点工的家庭打招呼，我问她钱够吗？她说她有钱，上海这地方，缺钟点工呢！她几张卡里共有十几万。特别是近年来，每年可以积余几万元。和我相好这么些年，她从没开口向我要过钱。我告诉过她，我是单身汉，农村里说的光棍，一人吃饱，全家不饿，除了日用吃穿，我抽烟喝酒，也不亏待自己，该花的花，该快活快活，好在替有装修要求的人家设计，赚得还行。故而她决定要离去，我取出五万元给她，她死活不要。我非要给，她按住我的手说，那就放在你这里，我有了难处再要。这女人，相貌不出众，你也见过一面，人不坏，也不贪，就是文化程度不高。她对我说过，她就像自己小女儿一样，读不进书去。”

大盟按熄了烟蒂，又取过烟盒，从中抽出一支烟，先递给我，“你也来一支。”

我向他摆摆手：“谢谢，我不抽。”

“当知青时，你嫌乡下茅厕臭，不也总是点一支烟进去吗？”

大盟提及这一细节，我向他笑笑：“那是什么年头的事了，离开山乡，我再没抽过。哎，洪石榴回去之后，情况怎么样？小县城可不像上海，像她这样的，工作不好找。”

大盟又点上第二支烟，抽了一口说：“通过两次电话。头一个电话给我说了她平安到达，租了间小屋，在县城边上。这样，既能照顾进了县中的大女儿，又能顾上离开县城十几里地镇上读书的小女儿。当务之急，她想把小女儿转学来县城读。第二个电话呢，她说小女儿转学很顺利，就在挨着她租住屋旁边，有所小学。办得这么顺利，是那个不愿同她离婚的男人，当乡长了，托人办的。洪石榴要和她离婚，他拖着不办；这会儿，他爱上的那个小老婆不干了,三天两头吵着要他赶紧和洪石榴离婚,否则就要闹到县里去。这下乡长男人怕了,借着为小女儿办转学,主动要和洪石榴协议离婚。在上海打工多年,洪石榴见的世面多了,她在电话里对我说,这回是她不愿意了。她一定要有固定收入的男人承诺,供两个女儿长大的费用。这男人竟然说可以考虑。不过洪石榴说了,这个人鬼得很,还要扯一阵皮的。”

听到这儿,我对大盟道:“这样看起来,洪石榴一时半刻是不会来上海当钟点工的。”

大盟呼出一口烟道:“看来是这样,她争取到了两个女儿的生活费,还得陪伴着两个懵里懵懂的小姑娘,抚养她们一天天长大啊!”

我明知故问:“那么,你会不会跑去县城里找洪石榴呢?”

大盟伸出手去,把抽到一半的第二支烟架到烟灰缸沿上,断然地摇头道:“我不可能去。跑到一个陌生的县城,像我这么个没文凭,又有一把年纪的男人,只怕干杂务工也没我的份。”

“是啊!”我话中有话地提醒他,“年轻时代的傻事,不能再干了! 即使你心中活泛,有时候冒出这种念头,也不能重蹈覆辙了。”

“我有这么笨吗?”大盟笑起来,他搓了搓双手道,“上次我不是就向你表示了嘛? 我和洪石榴之间,纯粹是男人和女人之间的‘性’,要说真正的爱情么……”

“唔?”我故意激他一句。

他又搓了一下手,不无难堪地对我这个老友一笑道:“是没有的。要不,面对她的离去,我也不会像现在这样,心安理得,或者准确地说是平静地接受了这一现实。”

“这一点我相信。”我点头道。心里在思忖,如何把话题转到他和李月之间的关系上。

大盟拿起茶杯，朝我举了举，说："这会变温了，你一起喝。跟你说心里话，和石榴睡在这张床上时，温情还是有的。她本质上是个农村女人，上了床她会尽力满足男人；而她来上海打工之后，又接受了时尚的观念，她在和我过夜时也觉得快活，觉得心情快乐，觉得身心都舒适。不止一次，她对我说过，虽然和原先的男人生过两个女儿了，可她从没感觉到像和我在一起那么欢。这也是她时常会给我这张小桌子上留下点小点心的原因。她是在用她的方式向我表示她的一番心意。"

我同样端起杯子，品了一口他的红茶，味道还真不错。我咂巴着茶的滋味，道："心里还是有点惦记她的，对吗？"

"你是写小说的，能理解。"大盟转过脸去一笑道，"仅仅是惦记而已，绝没有当年李月甩手而去，断然决然斩落了我们之间的关系那时伤心欲绝。始终有股耿耿于怀的失落感。"

"那是初恋嘛，人生第一个女人。"我顺着大盟的话表示理解。心里寻思着，他主动提及了李月，我如何把话题绕到他们之间的关系上去。这是我今天来的主要目的。

见大盟不再说话，我顺着大盟的目光望去，哦，原来他的目光，落在他悬挂墙上的那首诗上，似乎是在欣赏他自己的毛笔字。

一段回忆悬浮般出现在我的眼前。

当年"文革"初期，学校里号召革命的师生员工投身于轰轰烈烈的运动，一夜之间，大字报贴满了整个校园的每一个角落。

大盟是书写大字报的积极分子。

只因他的毛笔字写得好，男女同学起草了表决心式的、表态式的大字报底稿，都拿来请他抄写在白纸上贴出去。学校里为支持小将们的革命行动，充分提供毛笔、墨汁和大张大张的白纸。

记得我因见他写得辛苦，劝过他，写几张算了。他笑着给我道出自己的想法，毛笔、墨汁、白纸都是现成的，人家写出了底稿，我权当练字啊！

我听了以后还给他肩上不轻不重送去一拳："就你鬼心眼多。"

故而，大盟的毛笔字写得出色，是远近闻名的。在山乡当知青时，他还给老乡家写过春联哩！一写就是一堆。有推荐上大学的名额时，动员老乡提名，老乡不约而同地推荐大盟，就是因为他总是无偿地替老乡写春联、写家信。发展到后来，连乡间姑娘婚嫁，向男方索要彩礼，附上礼单的信，都来请大盟写，大盟后来把上大学的名额主动让给李月，没有珍惜老乡的一片心意，那是后话。

"凤去遥遥又几年……"上一次到他这儿来，我读到这首诗，没往细里琢磨，只觉得有点诗味。这会儿认真地一想，哎，大盟写下的这个"凤"，不会是暗指远去美国的李月吧。这么往深处去想，我恍然大悟，大盟不是为欣赏自己的书法，写下这首古风诗的。我故意笑出声来，把诗的第二句读了出来："至今人盼不还山。大盟，你这诗里提到的'凤'，暗指的就是李月吧？唉！"

大盟的脸上泛起些潮红，回避着我追索的眼神，伸手拿起那支架在烟缸沿上的烟，却又没送进嘴里，说："也只有你知根知底的老友，才读出来。进我这屋来的所有人，都只以为我是抄写的古诗，孤芳自赏自己的书法。"

他既已招供，我就把话题绕了上去："现在人家李月已经回来了！而且主动和你重归于好哩……"

"哎呀！你老兄，"大盟截住了我的话，连连晃着他手中的那半支烟，烟头上长长一截烟灰跌落在地板上，他也不顾地说，“不可能的事情啊！你看看，我现在是个什么情况，一个打工混混日子的，虽说也是衣食无忧，可同她不能比啊！她要身份有身份，要地位有地位，要金钱有金钱。我和她，现在一个在天上，一个在地上，天壤之别啊！那么多年不见面，没联系。你说，我和她见了面，能说什么？说不到一处去啦，话不投机半句多，你懂不懂？你这写小说的，你讲，这样两个人物在小说里见了面，往后怎么发展？”

我一时语塞，笑道：“你别把话说绝了嘛！李月也不是当年那个一心向往美国的姑娘了，她在美国生活多年，已经有了自己的认识和见解。依我看，她是真心想见你一面……”

“见了呀！”大盟再次打断我的话，“以你的名义请客，刘玉兰热情洋溢地邀请，我推掉了两单活，不是也和她见了面了嘛！她是很美，风韵犹存，一身得体的服饰，彬彬有礼的。我一个打工的男人，和她坐在一张桌面上吃饭，你们都是老同学、老朋友没感觉。可我自惭形秽啊，在她面前，我有种无地自容感。只能埋头使劲喝你带去的好酒，想尽快把自己灌醉。”

“这就是你的不是了，”我语气平和地道，“人家跑出去偷偷买了单，是一心想示好，一心想和你好好谈谈。”

“知道是她买单，我就不来了！”大盟终于显露他的真实心态，赌气地说，“刘玉兰电话里说得清清楚楚，是你们两口子做东，请当年的老朋友、老同学们聚聚。”

“也许事前刘玉兰和李月商定了什么，”我不否认地道，“但李月抢着去买单，还给每人带了小礼物，至少说明她发了大财，没忘记我们，肯定也没忘记你啊！对不对？再说，李月会忘记吗？她能离开农村，去外语学院读书，没有你主动谦让，她会有后来的一切吗？这一点，我们所有人心里都是明白的嘛！”

“哼！”大盟的眼里闪烁出愤愤的光。

我的心随之往下一沉：完了，谈僵了！大盟至今耿耿于怀，余怒未息呢。李月不敢直接和大盟单独见面，害怕的就是这么个结局吧？她毕竟曾和大盟相恋多年，深谙大盟的秉性脾气啊。我该怎么办？

“我就搞不懂了，”大盟牢骚满腹地抱怨道，“刘玉兰是单身女人，她帮着李月讲话，我能理解，她们当年就是好友，她一点也不责怪去了美国多年的李月音讯全无，重新相见后仍相处甚欢。你为什么也帮着她说话？你和我当初更好、更接近啊！”

我觉得找到了对话下去的话题，急忙道：“我还不是指望你们双方尽释前嫌，重新开始嘛！你细细想想，冷静！冷静地细细想一想，这不是没有可能的事。你现在是孤身一个人，需要一个妻子正大光明地过上正常的中年男子的生活。李月呢，她同样是孤家寡人一个，儿子令她失望，丈夫呢，离了。你俩都是自由身，更主要的是，你和她之间当年有过深厚的感情，让我们这帮男女羡慕的……”

大盟的一声冷笑截住了我的话。

我不无愕然地瞅着他。有风从阳台上穿过小卫生间吹进来，还是上海秋夜里的风，很舒服、凉凉的，却无寒意。

“深厚的感情，”大盟几乎是咬牙切齿地重复着我的话，“她还是我这辈子睡过的第一个女人哪！这不是我说的，这话是在离开乡下前夜，她躺在我怀里说出口的，她说她实在没啥报答我的，也没啥有意义的东西留给我，她只有把自己的处女身献给我，作为对我的感谢和保证，保证是我的人……”

“是啊，当时她和你临别前夜睡在一起的事儿传开以后，”我接住他的话说，“所有听说了的男女知青都在奔走相告，每一个知青点、集体户里都在议论，说啥的都有啊！你说影响大不大？”

“影响大有屁用！”大盟又把他手里的烟蒂愤然掐灭了，双手向我一摊说：“结果你都看到了呀！为她，我落到这步田地。你们现在充好人纷纷来劝我，事情经刘玉兰的喇叭一广播，你猜他们几个怎么说？”

“他们是怎么对你讲的？”我还以为这事儿只有刘玉兰和我们夫妇知道呢，没想到在那天来吃饭的伙计们中间传开了。

“海鹰最为理智，他说事情当然是好事儿，不过得慎重。”大盟放慢了语速道，“都是奔半百去的人了，婚姻又是后半辈子的大事儿，他让我要接受教训，再不能让原来的故事像翻拍电影般重演了。你听听！”

我说：“海鹰还是肯定了，这是好事儿啊！其他那几个呢？又怎么表示？”

“高宏滨以他一贯的精明对我说，”大盟皱起了眉头道，“我已经吃过一次亏，上过一次当了，这回得吸取教训，重新谈好条件。他还说，谈条件之前，由他做东，我们几个再细细商量一次，一二三四，开出几个条件。让我牢记在心，再采取行动。”

我淡淡一笑，摇了摇头，没吭气儿。爱情的事儿，不是精明的高宏滨买卖古董，哪能用这种方法。

大盟接着说：“张国庆很干脆，就说：‘一个字，干！先结婚啊，对你大盟来说，不吃亏，你娶的是个富婆，又是初恋情人。这婚姻顺了，说不定你也能去美国遛一圈，开开洋荤；退一步说，李月又要变卦，你也不吃亏啊！她总不能眼看着你一辈子当个穷光蛋吧。

你听听，实惠伐？'”

“那王奇怎么讲？”我索性直接点名问，了解一下他们几位背着我的态度。

“王奇不像国庆那么直截了当，他对李月印象挺好的。”大盟照实说，“他主动打来电话劝我，知人论世，要历史地看待李月，站在她的立场上，设身处地为李月想想，她容易吗？那年头去美国的人多了，有几个真正成功的。对美国社会、美国梦，中国人也有个认识过程嘛。滔滔不绝地，说了足有半小时。你也知道，他虽然只是营业员，读书也不少。”

其实，我们这帮老朋友、老伙计，有共同经历的一代人，当年都曾经是书迷，读过不少书的。他们比我想象中还关心这事儿呢！

“是啊！”我自言自语接过话来，“看来，除了刘玉兰，不怎么看好这件事儿。凡是男上，都怂恿你不妨往前走一步的。”

没想到听说刘玉兰有话，大盟马上警觉地询问起来：“刘玉兰怎么讲？”

我心里怦然一动，觉得搭准大盟的脉搏了，故意用轻描淡写的语调说：“她总的还是赞同你俩重修旧好的，要不，她怎么那样起劲地打电话约人呢。”

“但是她心里有自己的想法？”大盟紧盯着不放，“你讲给我听。”

“哪里，她只是从爱情出发，从现实生活、实在的男婚女爱关系出发，”我极力把话说得委婉一些，“对你们开始接触以后的前景，有些担忧……”

“你听听你听听，”大盟像逮着了理由般说，“都不是那么相信李月，只有刘玉兰最爽快，说了大实话。他们啊，听说了这事，都有一种看我状态、生活太平了，想看热闹，完了供他们茶余饭后添点说笑的趣味。”

“你想偏了，大盟，”我一脸严肃地对他道，“据我所知，他们都没有你说的那种意思。”

“还没有，”大盟的脸一沉，眼一瞪，手臂往旁边忿忿地一甩，“我和李月之间的事儿，老知青们相聚，不还是在当笑话传嘛！上海的知青人数又多，足有一百多万。现在大多都从不同的途径回到上海来了。他们这帮人，我最清楚，最大的长处就是有空，空下来就知道发议论。上次我就在地铁 1 号线车厢里，听几个黑龙江知青说这事儿，把我讲成是天字第一号大傻瓜、‘戆大’不算，还把李月也诅咒了半天。”

“真有这事儿?”我有些不信。

“我亲耳听到的。”大盟指着自己耳朵说，“他们哪知道，我当年……”

我看到大盟的目光里闪出了泪花，忙接过话头安慰道：“我知道，我知道，我和你们在一个公社嘛！你当年完全是一片好心。我们几个现在说起来，都在感慨，现在这个社会，哪儿去找你这样对待爱情的人啊!”

大盟红着眼，定睛瞅了我一眼。

我趁这机会，放缓了语气说：“我在想啊，作为成功人士的李月，之所以出现在我们的面前，主动提出想见你，是不是也听到了啥议论啊？我看得出，在有限的几次和她的接触交谈中，她对当年断然地舍你而去，以及这之后的所作所为，也是有悔意的。”

8 平方米的小屋里，十分安静。我瞥了大盟一眼，他双眼睁大地看着我。

我进一步道："再说，她在美国物质条件甚好的家庭令她彻底的失望，男人的荒唐、浪荡，儿子的不争气，父子俩只晓得贪图享受，花她的钱……"

"你怎么都知道？"大盟不无狐疑地问。

我苦笑一下，"我不是去过一次美国嘛，那次就有感觉。这一趟她回来，又讲了一些，我是有些理解她的。人有了优越的物质条件，精神上、感情上的需要自然而然就产生了。所以，从我这方面来说，我认为李月这次来找你，她是真诚的。"

大盟回避着我的目光，伸手从小桌上拿过烟盒，又去掏烟。掏了几下，却没掏出烟来，遂而把烟盒往小桌上一扔，拿过大肚红茶壶，给两只玻璃杯里斟水。

我听着"笃洛洛"的茶水声，趁他有些听进我的话，慢条斯理地用分析的语调说："你想嘛，像她这样一个方方面面条件上佳的女性，离了婚，混迹于美国的社交界和商场，会找不到一个男人？回到了上海，她的情况和条件，摆上了桌面，会没有男士动心？只怕放出风去，上门介绍的、主动向她献殷勤的，会络绎不绝呢！她的相貌，那天吃饭你也看到了，活脱一个雍容华贵的女性啊！"

大盟斟完茶，把我那杯朝前一推，自己端起杯子，仰脸一饮而尽。

我也拿过杯子来，端在手里，往他面前凑凑，说："要不这样，由我陪着你，你和她见一面？先接触一下吧，见见也无妨，看看还能不能找回当年的感觉。"

大盟出乎我意料地陡地站起身来，转身往小卫生间走去。

我尴尬地随之抬头，看着他的身影，走进小卫生间里，在穿过小卫生间，就要走上大阳台的那一瞬间，他回答道："行吧，你现在也不是当年落拓的知青了，名作家，难得你为了我这么热心，这趟我听你的。”

我如释重负地笑出声来，心里暗忖道：这以后，就是他们俩自个儿的事了。

十一

在大盟和李月即将再次正式见面之前，我有点忐忑不安。上次他俩相见时，有我们一大帮老熟人在，他们几乎没有单独交谈的机会，好像也不急于马上单独面对面地交流。他们都有些不自然：大盟只顾埋头喝酒，似乎这些年里他真练成了个酒鬼；李月呢，在目光瞥见大盟时，也有点不自在。

悠长的岁月毕竟拉开了他俩的距离，使得他们的社会地位、人生履历都截然不同了，他们真能和睦相处吗？

所有人心里都是打问号的。

这一次，李月心中渴望，大盟也正式表态，双方愿意重新相见了。虽然我会在现场，可我衷心地希望，他们两人都愿意单独地相见，倾心交谈，开诚布公。如同他俩当年热恋时，相约着去赶场，避开众人钻进树林里，月夜悄悄地躲谷垛后面一样。千万不能话不投机半句多，见一次面就谈崩了。

为使事态往好处引，回家之后，我又给大盟和李月分别打去电话，我觉得有些话必须给他们分别讲清楚，让他俩各自掌握好分寸。

我叮嘱大盟，他写下的那些和洪石榴的札记，我是很认真、很细致地读了，也在阅读过程中领会了他作为男人的心态。但我一句也没给李月讲起过，我只给李月提过，在这么一段漫长的日子里，你的身边有过一个女人，不是同居女人，而是相互需要的女人，最多只能算是情人吧。其他我什么都没有说，我让大盟把握好，千万别说漏了嘴。至于那本札记，我可以代他保管好，没必要放在他身边，万一他和李月确实像当年一样好起来了，我怕李月看到了，节外生枝。毕竟，随口一说和在本子上写下来，而且写得这么细，感觉是不一样的。

“明白吗？大盟。”我问他。

他说：“明白，谢谢兄弟。”

我叮嘱大盟，去和李月相见时，不要太随意了，像那次吃饭一样，注意自个儿的服饰礼仪。毕竟，不是当年的学生和整天干农活的知青了。李月如今可是一个富婆，你看她那天和大伙儿见面吃饭时，衣着打扮盖过了我们所有人，连率直的刘玉兰都说，她疏忽了呢。

大盟说他这一次会穿得干净些。

我还补充了几句闲话，说你没在上海滩认认真真谈过恋爱，人家经介绍人穿针引线第一次见面时，准备“轧朋友”的男女双方，都会从头到脚精心打扮一番的。

说得大盟在电话里笑了起来。他大约也感觉到我是好心，没抢白和调侃我。

嘱咐完了大盟，我转而又给李月打了一个电话，让她要有心理准备，今天的大盟，就是上海滩一个普普通通的中年男子；有利的地方是，你对他是知根知底的。不管他今天混得怎么样，他是一个好人，这一点没有变。李月你千万不能像少女时代和大盟恋爱时那样，对爱情充满了憧憬和向往，我们这些老同学、老伙伴的同情心之所以全在他那儿，说穿了是他今天的境况令人同情，甚至怜惘……

没想到李月打断了我的话，她说这些情况她全了解。在和我们这些人见面之前，她还从刘玉兰那儿核实了具体地址，去过大盟的家。当然是在大盟上班时间，他不知情的情况下去的。说着李月还笑了起来，我找到他家去的时候，大盟家的门没锁。

“没锁，大盟这么粗心吗?”我吃一惊。

“哪里，我还撞见了一个钟点工。问她，这是齐大盟的家吗?”

“对方怎么答?”我小心翼翼地询问，尽量显出点好奇的语气。内心却在暗忖：会不会就是洪石榴?

“对方说是齐大盟家。我又问，是大盟的家，你怎么在这里?这女人明显一怔，反问我，你又是谁?为啥找大盟?我说明了身份，这女人才说，她是钟点工，为大盟清理、打扫一下房间的。我心里还忖度，经济收入不算宽裕的大盟这么懒，连小房间的卫生，都请个钟点工呢!”李月一口气说到这里，停顿了一下，在电话那头道，“听你说大盟生活中有个女人，我顿时揣摩，会不会就是我撞见的女人。你说会吗?”

我想说完全有可能，话到嘴边，变成了：“这我就不清楚了。”

李月带点讪笑的口吻道：“如若真是这个女人，我得说，大盟的眼光也太差劲了!”

我心里明白李月为啥这么说，洪石榴我也见过，可我嘴里仍说：“怎么啦?”

“她的相貌太一般了呀，最多打个65分，勉强及格吧。你要是看见了，一定也会同意我的观点。”

我只得把糊涂装到底：“是这样啊!我要提醒你的是，李月，你们面对面的时候，你得克制自己，少打听或者干脆别打听这个女人的事……”

“这是为什么?”

“不为什么。”我说,“我同样叮嘱大盟,不要打听你在美国的感情生活。我要多说一句的是,我相信大盟会处理好和那个女人的关系,很快会画上一个句号。”

“我只问你一句,大盟和这女人有孩子吗?”李月终究是女人,忍不住问。问得极为严肃。

我急忙以肯定的语气道:“没有,这一点绝对肯定。”

我想起了大盟札记中写到的,洪石榴生过两个女儿以后,在乡下就结扎了。

李月在电话里答应了:“我可以照你说的做。”

妻对我如此热心于撮合大盟和李月的感情,有点不解了。她在我放下电话时说:“强扭的瓜不甜,感情上的事,还得顺其自然,看他们当年的情分还在不在。哪能像你这样,东防西防、藏着掖着的? 如若他俩情未了,那怎么都好办;如若情缘已尽,你在边上再怎么使劲也是白搭。”

我同意妻的看法,顺着她的话道:“我还不是瞅着大盟的境地,尽力想让事态往好处发展。大盟真和李月好起来,那他的一切就改观了。”

妻斜了我一眼,道:“你以为只有你懂这一点了,我们……那天参加晚饭的每一个人,都明了这一点。可你知道,最卖力打电话邀约众人的刘玉兰,她是什么看法吗?”

“你们通电话了?”我瞅着妻的脸问。

妻点头:“只有刘玉兰最直率,说的是大白话。”

“她啥态度?”我知道玉兰的看法,只不过是想问得详细些。

“她说了,你看大盟那个穷酸相,和今天一身富贵气的李月站一块儿,般配吗?”妻说出了玉兰的真实想法,“你还提醒大盟注意衣着,我想想,玉兰也有她的道理。这两人,今天的社会地位,太悬殊了。”

“看他俩的缘分吧。”我把话题错开了,“作为一辈子的老朋友,我们总得尽力而为吧!”

除了分别给两人打电话,我还做了一件事,就是把 8 平方米小屋里,大盟亲笔写下的那首无题诗,拍照片转给了李月。我说,这是大盟始终挂在自己的陋室中的。让李月自己去领会诗中的含义吧。大盟的毛笔字,李月是一眼就能认出来的。读到这首透露大盟心声的诗句,我想李月是会忘记大盟今天的身份,而怦然心动的吧。

“好了好了,”妻朝着我摆手道,“这件事,我看你做得够尽心尽力的了。看大盟和李月两人的造化吧。我们旁观者只能耐心地等待结果了。”

我也双手一摊,做了个静候佳音的祈祷姿势。

遂而这件事冷寂了一段时间。在忙忙碌碌的工作中,我也将其置之脑后了。可是伙伴们似乎比我还热心,先是下岗的张国庆打电话向我打听,李月和大盟的事儿进展怎么样了?说他等着痛痛快快地吃一顿高级大餐呢!继而是高宏滨路过作协门口时,特意拐进来,到我办公室小坐了一阵,想听听这件事的结果。还表示,要不要由他出面,约吃一顿饭?连平时工作挺忙的孔维维,也在午间休息时打电话向妻打听,李月和大盟的故事有无发展?看来他们心头都挂念着这件事哩！

发现点苗头的是摄影师于海鹰，他说那天去花园酒店拍短片，电视台车子停在茂名南路上时，他亲眼见到大盟和李月双双走进了马路对面59号的西装店。“那是专为有身份的男士量体定做高档西服的呀！两个人一起走进去，你说是不是一个好苗头？”海鹰在电话里追着我问。

我一无所知，只能答：“但愿、但愿吧！”

又过了段时间，刘玉兰带来了好消息，她把电话打到我家座机上，妻接了电话，刚和刘玉兰打个招呼，接着便说：“他在、他在的，你直接给他说吧。”

我接过电话，刚“喂”了一声，刘玉兰就“哇啦哇啦”大声道：“还是你本事大，有面子啊！告诉你，李月又拜托我给她操办了。她想请我们那天一块儿吃饭的几位，共同参加夜里的浦江游览，吃个晚饭，尽兴地欣赏一下黄浦江两岸的夜景。李月特意要我第一个联系你们两口子，说在她和大盟这件事上，你们俩的功劳最大，时间由你们定，我负责一手操办……”

我急于弄明白事由：“那么，大盟参加吗？”

“当然参加啰！你这个人啊，电话怎么听的？”刘玉兰在电话里训斥起我来，“我夸你有面子，功劳大，就是告诉你，李月和大盟这事儿，成了！你想想，不成的话，李月会请我们吗？我知道，带自助晚餐的浦江夜游票，一百好几十一张呢！她这是高兴，向我们表示感谢呢！”

明白了，我一刹那间全明白了，玉兰说得没错。中国作协、中国文联的外联部陪同外宾来上海时总说：上海的浦江夜游，是外国作家、艺术家们最喜欢的项目。看到外滩和陆家嘴层层叠叠犹如水晶宫般的璀璨灯光，外宾们都会兴奋得双眼发亮，欢呼雀跃；不断地拍照、拍录像。我连声道："好啊、好啊！比我想象的还要快捷、迅速啊！"

"那是他俩年轻时有感情基础，还是有缘、有缘啊！"刘玉兰在电话里也显得兴高采烈，全然忘记了她原先所讲的话，一改她不看好两人感情的态度，用亲昵的语气道，"嗳，我跟你讲啊。你的功劳还是最大的，我要给李月说，让他们在正式领证办喜事的日子，请你和夫人吃18只大蹄髈！"

我晓得她是开玩笑，但仍憋不住"哈哈哈"笑出了声。

这也是常事。自我出了名，为老知青群体做点举手之劳的事情，总能听到当年的伙伴们恭维、夸奖的声音。

我的眼前拂过那天在西式点心店陪同大盟和李月时的情形。刚把栗子蛋糕和三杯清咖啡点上来，大盟和李月一对上眼，互相打起招呼来，我的心头就豁然一亮，明白自己坐在他俩之间，是又当了一回"电灯泡"。

是李月微笑着主动给新理了发，换上一身"出客"秋装的大盟说话："大盟，真没想到这么多年过去了，你还是那么年轻，好像岁月一点也没在你的身上留下痕迹。"

李月带着感情微笑的时候，脸貌真的格外动人和妩媚。

大盟一面用小勺子搅动着清咖啡，一面仰着脸，同样笑眯眯地道："你的变化可是太大了！瞧瞧你这一身，当年哪里会有质地像这样的衣裳啊。完全像个贵妇人啊。"

我一听他俩的这两句对话，就知道有门，我再坐下去，就是个尴尬的"电灯泡"。我有点懊悔，事前跟妻约定，约莫在半个小时给我来个电话，我能借接电话，趁机离开，让他们两个坐在这白天客人寥寥的西式点心店里尽情倾诉。

好在李月有她准备好的话题，她提及在上海居住地的小区里，她听到的一些“文革”中的风云人物，在世纪之交的情况。

我一往下听，就明白了，李月提到的小区，是她用红色福特接我和妻去过的那个别墅小区。

李月说，她万没有想到，小区的邻居中，竟然还有我们这些人都知道的一位“风云人物”，红卫兵运动时的头头，人们习惯地叫他“司令司令”的。

李月一报出此人的名字，不但大盟听了感兴趣，连我都大觉意外地“哦”了一声说：“这个人，清算‘四人帮’罪行时，不是把他作为爪牙，判了刑吗？”

大盟说：“当年，听说了他的事，人们不是说他从此‘一脚去’了嘛！”

“是啊，我正在大学里，有几个同样有过知青经历的，还说这个人才华横溢，听过他一次煽动性的演讲。”李月点着头说，“不重不轻判了他八年，你俩算算时间，他不仅释放了，出狱以后趁着下海经商的潮流，第一批做起生意来，听说赚了不少钱。现在就住在我们这个别墅小区里。”

我不由得问：“你见过他了吗？”

大盟也把脸转了过来，望着李月。看得出，他同样听出了兴趣。

“哪里，”李月用小勺优雅地搅拌了两下清咖，淡淡一笑说：“此人深居简出，据说有纪实文学杂志派人去采访他，他一概婉拒。我都是听小区里传的，说他把生意盘出去了，安心舒适地住进了别墅，过起了优哉游哉的享福生活。据每周到他家去两次打扫的钟点工传出话来说，他早就看破红尘、洞穿世事，只关心柴米油盐酱醋茶开门七件事，其他任何事他一概不感兴趣。你们想么，这么个人都能悟出道来，我还有什么想不明白的？”

我调侃李月：“这么说，你是从反面人物身上，得到启迪啰？”

“启迪谈不上，”李月沉吟地瞥了大盟一眼道，“我也不想一辈子在商海中沉浮，只想安安闲闲地过一份平静的生活，不要那么辛苦，不要那么劳碌。”

我听得出，她这最后两句话，是有所指的。住在8平方米小屋里的大盟，过的不就是比我们几位更辛苦、劳碌的日子嘛。

恰在这时，我的手机响了，我的心中一阵欣喜，电话不是妻打给我的，是民协一位秘书长邀请我参加一个活动的。我借口电话通知，临时有个急事，就把李月和大盟撂在那里了。

开头的氛围不错，我即时结束了“电灯泡”的角色。

现在又接到刘玉兰的邀约电话，看来李月和大盟重新续上了当年的情缘，我的预测还是对的。心里一高兴，我在电话上和玉兰开起玩笑来：“玉兰，既然他们的事情正在往圆满的方向发展，那么你呢？”

“哎呀哎呀！你给我省省了，省省了。”一句话把刘玉兰逗得叫起来，“不过难得你们关心，我给你透露点写作素材吧。到了这个年龄，再寻找另一半，瞻前顾后的，想法多了！只能说，在向好的方面发展吧。再说了，我哪有李月的实力啊！她是富婆，要钱有钱，要貌有貌。我呢，女儿快生小外孙了，我只盼着刘琳把孩子生下来，好过上含饴弄孙的生活。”

没有想到，刘玉兰是这样把世事看穿的。挂断电话，愣怔地坐在椅子上，正在思索着我们这些个同时代老伙伴各自的命运出神，大盟又给我来了电话。

大盟在电话里给我讲了这么一件事。他讲回家乡县城里租房子住下的洪石榴打来的电话里说，小女儿从乡镇小学转学到城关小学，碰到了点难题。原以为只要办个转学手续就成了，哪晓得去经办时，城关小学说，乡镇小学的质量差一大截，她小女儿的成绩又差，城关小学可以拒收的。农村里的娃，现在哪个不想送进县城来读书啊。除非给城关小学作点贡献，我们才能收。当上副乡长的男人只肯拿一小点私房钱出来，才两万块钱，不够！洪石榴只能动用自己在上海打工赚的钱贴进去，才够转学的款。为了和两个女儿相依为命地在县城生活下去，把两个娃拉扯大，男人还利用他的关系，让洪石榴在县城街上开个小卖部，用以维持生计。这么一来，租房、开办小卖部、进货、给城关小学交转学的费用，她这些年在上海赚下的钱，都花光了。眼看手头空空，日常的生活开支，一笔一笔都是钱，洪石榴说到这儿，哽咽出了声，说心里慌得没了底，连夜连夜睡不着……

大盟听到这里，已经明白她的意思。他问洪石榴："你要我怎么办？"

洪石榴吞吞吐吐地说："要不，你原先答应给我的钱……"

"我给你转过去、转过去。"

大盟一口答应，又问了一句："三万块够不够？"

洪石榴连声地说："救急是够了，够了。你也别犯难，应付眼前的局面是够了。"

大盟给我打电话，是征求我的意见，该不该把这事儿跟李月讲。

大盟说："听了你的话，我从未打听过李月的前夫和她儿子的事，也从不打听她在美国的感情经历。李月呢，同样从来不问我和别的女人之间有什么情况。我们一切都是重新开始，或者说就像什么都没发生过，我们又拾起了乡下知青年代的感情。"

"一切都很好吗？"我含蓄地问了一句。

"很好。"大盟答得更简洁。

"那么，经济上呢，比如你这些年在上海打工，一共赚了多少钱？有多少积蓄之类。"我故意轻描淡写地问。

大盟坦然笑了，说了一句老上海人常言的话道："我都给她坦白了，说我是个穷光蛋，'脱底棺材'，赚多少钱，日用开销需要多少，我花多少。这么多年来，除了抓住时机在莘庄那里买了一小套两室一厅，只有十来万的存款。既不炒股，也不买基金，混日子呗。"

"李月呢，她给你说了没？"

"她没讲具体数字，只跟我讲，大盟，你那十万块钱就自己留着吧，作为你劳动所得的血汗钱。我这些年赚的钱，足够我和你安安稳稳、松松闲闲过一辈子的了。我们既然重续上了这份姻缘，你就放一百个心吧。"

听大盟这么一讲，我就对大盟道："依我看，一是你答应洪石榴的钱，可以转过去，也算是了结这件事情，良心上同样过得去一些。二呢，你可以把给洪石榴转钱的事，给李月说一说。"

"这个……"大盟听我这么表态，仍显得有些迟疑，"她要是打破砂锅问到底，往下问我和洪石榴的事，那怎么办呢？"

"她要尊重约法三章……"

"约法三章？"大盟不解。

“噢，”我解释道，“除了叮嘱你，不要打听李月前夫和她儿子的任何事儿；我也嘱咐过她，不要细究你同其他女人的关系。”

“原来是这样，不过，她万一问起来了呢，我该怎么办？”

“你最初在和我讲起与洪石榴的关系时，”我提醒他道，“你不是给我讲，那纯粹是‘性’吗？我相信你讲的是实话。”

“是实话。”

“那你就这么讲。”我强调了一句：“记住，越简单越好。不要把简单的事情复杂化。”

“但愿是这样，”大盟在电话里抱着侥幸的语调道，“但愿吧。”

“不要紧的，大盟，”我安慰他，“都是奔半百的人了，心里都会明白。李月不是让刘玉兰通知了，说她和你要邀请我们参加浦江夜游吗？”

“是啊、是啊！”大盟说，“刘玉兰这么快就通知你们了？”

我笑了：“刘玉兰是热心人啊。有什么情况，我们到了船上，再细聊吧。”

“好的好的，谢谢老哥，衷心地谢谢！”

十二

浦江游览我参加过几次。白天从十六铺码头出发，沿着黄浦江驶到吴淞口，直到看见了江水、河水、海水三股水交叉的“三夹水”景观，再游回来，全程三个多小时。夜晚在外滩璀璨闪烁的霓虹灯光影里，在南浦大桥和杨浦大桥之间的江面上观赏夜景，我也游过几次。

但所有这些游览，都是公事。和几位上海作家同行，陪同海外来访的外国作家游览上海的母亲河，并在游轮上和外国作家进行交流。有一回，来了一大拨韩国诗人，他们是专门创作俳句的，在浦江夜游时，即兴创作诗句，现场朗诵交流，气氛融洽而欢乐。

和妻双双游览浦江，这还是第一次。故而生活已十分散淡自在的妻子，提前几天就在琢磨着做头发，留神天气预报，考虑着穿什么服装合适了。

具体通知我们在什么地方，哪个时间点集合的刘玉兰乐呵呵地说：“嗨，我一一给国庆、王奇、海鹰、宏滨通知时，没想到他们也同我一样，还是第一次参加这样的浦江游览呢！我们这些上海人，现在都变成都市里的‘刘姥姥’了！哈哈，大家准备好，玩得开心点。就是孔维维去不了，她出访。”

通知的同时，刘玉兰还负责给每位伙伴交底：“齐大盟和李月二位，这回是速战速决，低调浪漫地办事啦！告诉你们，他俩已经去领了证，成了正式夫妻。大盟也搬出了他那可怜的 8 平方米兔子窝，和李月住一块儿了。所以啊，说是浦江游览，顺便吃个饭，其实带有欢庆的意思。我只负责把话说到这儿，细节问题，你们自己考虑吧。不过李月是美国做派，她说了，不收礼金。一律不收，这一点她给我强调了又强调的。我有言在先了。"

"那我们送什么呢?"妻子在挂断电话后皱起眉头问我。

我想起李月在美国时小酌就点了一瓶五千元的酒，就说："李月是不会收现金的，我们这些人，能给他们送多少呢?"

妻子说："上海现在通行的规则，同学好友一般是一千，夫妻俩同去，是两千……"

没等她说完，我连连摆手说："不行不行，这点毛毛雨，对她根本不是钱。我们还是商量一下，看送点什么有意义的东西。"

不过刘玉兰的电话，间接告诉了我，大盟和李月，已经基本解决了他们之间一切情感上的纠结和难缠的问题。否则是不会那么快地去领证的。自然，大盟给洪石榴转钱的隐忧，也解决了。

"解决了!"大盟在码头入口处迎着我和妻走向游轮时，爽快地道，"李月如此大度，让我都感觉意外。她让我加了一倍，给洪石榴的卡上转了六万块钱。"

说着，大盟仰着脸笑了。

"有眼光啊!"我不由赞叹地道。

大盟盯着我的脸问："她这么做，眼光是看到了什么?"

"至少是看到了明天、后天啊!"我向大盟晃动我的左巴掌，用右手扳着左手的指头说，"你想想，转学要钱，开办一个小店也需要钱。洪石榴顺顺利利地把小店在县城里开出来，守着两个女儿，心就安定下来了。不是吗？嗯！”

大盟拧着眉毛一想，顿时明白过来：“你这一分析，我心里更明白了。李月确实是有眼光，见解独到。”

说话间，大盟引领着我们夫妻，来到包房门口。

还没推开虚掩着的门，就听游轮前侧的小包房内，传出刘玉兰爽朗的说笑声：

“哎哟哟，我想我是通知你们几位的，应该早点来，没想到，提前十分钟到了，你们几位，都到得比我还早。李月，你从大伙儿的这些表现，也能看出我们是多么赞颂你俩的姻缘了吧。”

李月一边道谢，一边招呼：“玉兰，谢谢你，也谢谢你们几位老朋友的光临。谢谢，现在就只剩作家夫妇俩了……”

话音未落，大盟推开了包房的门，高声道：“来了，他俩也到了。都比通知的时间提前来到。坐，大家随便坐。李月为表示对大家的感谢，特意为我们的小聚定了个小包房，说话可以更自在一些。”

我环顾着雅致的小包房内的陈设，茶几上放着的净水、易拉罐装的可口可乐、啤酒和果汁，舒适的沙发座椅，还有两瓶法国波尔多葡萄酒和一托盘擦拭得晶亮的酒杯，不由对李月和大盟说：“都是老朋友欢聚，你们这样太破费了。租这小包房的价格，比一般的游览票，贵得多了。”

大盟指着李月道：“我也这么对她说。可她坚持道：人生就这一次，就是要让从小一起长大的小伙伴们，现在仍联络着的老伙伴们高兴啊！”

李月笑吟吟地面对着众人，继而含情脉脉地瞅定了大盟的脸，说：“大盟，你说我和你这一辈子，几十年岁月走过来，容易吗？”

李月这一说，众人再望了望她的脸，不吭气儿了。大家都被她这一问，打动得愣怔住了。喇叭里“刺啦刺啦”嘈杂地响了两声，响起了广播声：

“欢迎各位游客登临体验我们的浦江游轮，五分钟之后，我们的游轮就将离开码头，荡漾在波光涟漪、充满诗情画意的江面上。十五分钟以后，自助餐厅也将向每一位游客开放，游客们可以根据各自的需求，自行取用。而随着夜幕降临，浦江两岸的灯光齐明，游客们可以尽情地上到船舱顶部和前后甲板，尽兴地欣赏外滩源和陆家嘴的美丽夜景，选取最好的角度，留下你在上海滩大客厅里的倩影。”

播音员介绍完毕，广播里遂而响起一阵节奏感鲜明的爵士乐，凝神聆听，洋喇叭、长笛和吉他演奏的爵士乐，顷刻间给人带来一种欢悦感。

“我不赞成作家怪罪李月破费的说法！”张国庆喜盈盈地盯了我一眼说，“我是个下岗工人、穷光蛋。虽说是个土生土长的上海人，可亲身上船来体验浦江游览，而且一上船就引我进入了高级包房，是刘姥姥进大观园，人生第一回。李月发大财了，而且发了大财还不忘青春时期的大盟，说明她不但像今晚上打扮得那么雍容华贵，心地同样美好。我觉得她就该破费这一回，让像我这种人也来度过这么一个难忘的夜晚。”

张国庆很少这么长篇大论地讲话，说到这儿，他咽了一口唾沫，有些慌张地溜了我们几位一眼，见大家都微笑地听着他的话，他接着道：“我为什么敢于大言不惭地这么说呢？”

“为什么？”刘玉兰直通通地道，“你大胆说出来，别卖关子了。”

“我有什么权利这样说呢？”国庆停顿片刻，放大了嗓门道，“就因为这个！”

说话间,他像变戏法似的从四四方方的茶几下面一下子取出一个精美的镜框,举得高高的展示给众人看。

我定睛望去,金红镶边的豪华镜框里,放着一张黑白照片。照片里的男孩、女孩,全都穿着白衬衣、蓝裤子和裙子,离得远了,我看不清照片上都是些什么人。

刘玉兰笑问:“国庆啊,你越讲我越糊涂了。你这张照片上的小孩,都是些什么人啊?”

张国庆的神情有些自得,把手里的照片递给身旁挎着照相机的于海鹰道:“照片上是你、是我,还有大盟、李月、作家夫妻、王奇、海鹰和高宏滨,也都在这上头,不信你们自个儿仔细看,慢慢看。”

于海鹰用深知内情的口吻补充道:“这是我们当年戴红领巾时代的一张黑白合影。国庆你坐下,坐下喝口水,我看你说几句话都紧张了,我来替你讲。”

他的话似乎提醒了李月,李月指着茶几上一堆饮料说:“请各位随意饮用,这是包含在船票里的,喝不完可以带走。”

张国庆取过一罐可口可乐,拉开以后,喝了一大口。

于海鹰把镜框递给了刘玉兰,双手习惯地扶着他胸前的相机,不慌不忙地指着国庆道:

“张国庆找出了一张当年我们戴红领巾时的合影底片,问我有没有办法放大?我对他说,只要底片清晰,我就有办法把它放大。拿到镜头下一看,他保存的底片清晰度还真高,我就应他的要求,给他去放大了几张。放出来一看,嗨,我们小时候的模样,一个个笑得多么欢哪!你们自己找找,都在照片上头。国庆有脑子啊,拿到了照片,他又去给配了这么漂亮的镜框,说是送给大盟和李月的结婚礼物。”

“这礼物有意义啊!”刘玉兰一面端详镜框内的照片,一面夸奖道,“亏你一个大男人,这么细心。这张小小的合影,记得当初发给我们一人一张的,我那张不晓得给丢到什么地方去了。”

高宏滨同样摇头道:“我是下岗之后迷上收藏的,小时候的东西,也都没了。这张照片,蛮珍贵的,若有多,也给我一张。”

于海鹰瞅了一眼张国庆,张国庆喝够了可乐,喘过一口气来,笑着对众人道:“有、有,每人都有一张,我一会儿分给你们。只不过,没有给你们配镜框,只给一对新人配了镜框,算是我这穷光蛋送大盟和李月新婚的礼物。”

“谢谢,谢谢!”大盟和李月相对咪咪含笑地瞅了一眼,异口同声地道。大盟说:“我还真喜欢。”

于海鹰举了举手中的相机,又指了一下地上的一只设备包道:“我也没啥礼物送,就带上了照相机和摄像机,拍些我们欢聚国庆的照片和录像,事后拷在盘里,送给一对新人,也给每人当个纪念。”

李月夸道:“海鹰想得太周到了,这也是一份有意义的礼物啊,谢谢了。”

王奇从自己坐着的沙发后面,取出一对拳头大小的玉雕,托在手中道:“我在百货公司上班,就近到工艺品柜台,选购了这一对雪色的玉雕兔子,作为一点心意。我记得,你们俩,大盟是年初的兔子,李月是初冬的兔子,希望你们喜欢!”

“看啊,两只兔子红珠子镶的眼睛,简直活灵活现!”同样属兔的妻子先指着神态毕现的玉雕叫了起来。

“喜欢、当然喜欢。亏你还记得我们是同年的。”大盟边笑边端详着一对活灵活现的兔子。

一对兔子的红木底座上，分别写着大盟和李月的姓名，一行烫金的小字书着：百年共舟；另一行则书：千年同枕。

李月也作拍掌状道："怎能不喜欢呢！只是害你破费了。"

"哪里，"王奇真诚道，"这是为你们俩的终于结合，表达心愿啊！"

"你们都表达了心意，这一回该轮到我了吧。"高宏滨慢悠悠地提过一只本色的木盒，把它放在茶几没放饮料一边的桌面上，打开来，只见盒内装着一对晶莹剔透的瓷杯，杯子上画着鲜艳的喜鹊登枝图，朵朵粉红的桃花盛开在舒张的绿叶枝头，空白处还题着两行娟秀的小字：凤来花自笑，枝头鸟鸣和。

高宏滨伸出一只手去，小心翼翼地取出一只杯子，把杯身转了一下，那杯体上另两行小字题的是：风光真的好，鸟语伴花香。

高宏滨又用手摩挲了一下杯身那登在枝头的喜鹊，轻轻地说："你们一会儿都可以抚摸一下，这画儿，在杯体上是有凹凸立体感的，是画师精心绘上去的。不像现在出的杯子，一做就是十万只、二十万只，这种专为清廷皇宫里做的杯子，是一只只做出来，画上去，烧制出来的。"

我忍不住替大盟夫妇问："这是清末的吗？"

"你老兄有眼光，就是清朝末期的！"高宏滨环顾几位老友道，"我入收藏这一行当，想混口饭吃，上过当，不过吃过几次亏，眼光也练出一点来了。你们有空可去古玩市场转转，民国瓷和清朝末年的瓷器，差别一眼看出来了。这对杯子，你们每天品茗小酌，感觉会很好的。"

大盟把桌上的杯子拿起来，边欣赏边道："这么欣赏一下，都很好啊！你们也看看。"说着，大盟把杯子递到我的手里。

我接杯在手道:“我和妻子的贺礼,和宏滨、王奇相比,就有点俗了,也不拿出来了。上回相聚,我们带过了,就是两瓶茅台,大盟爱喝酒,你们两口子,闲空下来,相对小酌,还是很有情调的。”

李月食指一点大盟道:“慢慢要把酒量降下来。”

“刚成家,就要管起来了呀!”刘玉兰欢声叫着,“大盟,你可要改改了”。

大盟指了指我手中的杯子说:“我也要学学宏滨,钻研一件事了。”

船舱外刹那间亮堂起来,于海鹰转身指着船外道:“开灯了,开灯了!”

我们不约而同地把脸转向船舱外头,哈,全亮了,黄浦江水波光粼粼地闪烁着彩光,被誉为“万国建筑博览会”的浦西外滩源亮起了霓虹灯,浦东陆家嘴鳞次栉比的幢幢高楼的灯光也全亮了。光顾着说话的我们,一点儿也没注意到,游轮已经行驶到黄浦江中的水面上了,楼梯、甲板上全是游客的脚步声。

李月站起来招呼大家:“我们可以先去观赏一下浦江的夜景,然后到自助餐厅取晚饭,取过餐,在餐厅吃完,尽情地赏一会儿夜景,再回到包房来休息、聊天。在这过程中,海鹰可以随时拍摄我们的镜头。总之,越随意、越自在,越好。”

在李月说话间,楼梯上、通往前后甲板的过道上,响起了一阵阵的脚步声,那亮灯的瞬间,仿佛给每位游客发出了动员指令,所有人都按捺不住地纷纷跑出去赏景了。

真是一个美好的夜晚。明灿灿亮晃晃的灯光,整个儿把夜空映亮了。江风带点凉意,在我眼里,平时看熟悉了的景致,上游轮以后望去，给人一种如痴如醉的感觉。我和大盟倚栏赏着景，身旁没其他人，我趁机问他："和李月天天从早到晚待在一起，感觉她和当年最大的变化是什么？"

难得有单独交流的机会，我只有挑最想知道的问。

"用最为简单的话说呢，就是三个字：待不够。"大盟笑容里，带着一个成熟男人少有的满足和欢悦，"你问其他个性上的变化嘛，可以这么讲，经过多年的历练以后，她已经相当娴熟地会与自己讲和，会在与生活的斡旋中放松自己。看得出，她是吃过些苦头，才取得后来的成功的。"

哦，我不禁感慨，大盟毕竟比我更深知和了解李月。我也像其他几位伙伴一样，只看到李月今天的成功和不菲的身价，只看到她身上熠熠闪光的外在表现。只有深谙李月性情的大盟，才在一起没待多久，就深切地理解她了。

"都说有钱的女人无趣。"大盟挨近了我，以男人对男人的语调说，"李月不仅有趣还有情调……"

我笑道："这就难能可贵了！对吗？"

"是啊！我何德何能啊？世事如此变幻无常，能和李月离开这么久又相合，也算是福分降临。"

我听得出，大盟这几句话，是发自肺腑地说出来衷心的感言。

大盟接着道："我这半辈子，穷日子、好日子，算是都过上了。难得的是，终于得到了李月这么个既有感情又有感觉的女人。你是作家，你说是不是？光有感觉，像打工女人洪石榴，没有感情总觉得找不到话讲；光有感情，找不到感觉，那也不免遗憾的。你说呢？"

我拍着大盟的肩膀道："所以我们这么多人，都兴高采烈地来祝贺你们呀。”

说话间，我已留神到，挎着相机，手持摄像机镜头的于海鹰不知从哪钻了出来，在对着我和大盟录像呢！

我不由向于海鹰招了招手。

于海鹰一边拍摄，一边头也不抬地说：“你和大盟只管像刚才一样讲话，不要看我镜头。对，对！说话啊，自然点。”

我和大盟不由得面对他的镜头哈哈大笑。

尽情地欣赏了浦江夜景五光十色的动态，留了影、录了像，我们不约而同地坐回到雅致舒适的包房内。

李月已经给我们每一位斟了半杯葡萄酒，见我们乐呵呵地坐下来，她指着晶亮的酒杯说：“喝一点，暖暖身子。终究是深秋了，甲板上的风吹多了，有点凉。”

大盟取过两杯酒，一杯递给我，一杯他仰起脸，一饮而尽。李月瞅了他一眼，笑盈盈地又给他斟上。

同样喝完了的张国庆和高宏滨，也把空杯子推了过来。

李月分别给他俩斟上。

张国庆看着她专注斟酒的模样，开口道：“李月啊！有一个问题我始终百思不得其解，能问你一下吧？”

“行啊！”李月坦然道，“都是几十年老相识了，你尽管问。”

“我是个下岗工人，多少还有一份下岗工资。”张国庆又呷了一口酒道，“论现状，大盟比我更惨，他连下岗工资也没有，上海人惯常的话说起来，连个基本保障也没有，就靠他那点本事干点活，讲究深思熟虑的上海人会说没保障。故而回上海多年了，连个正规女朋友也没混上。况且他又是烟、又是酒的，是个吃光用光的货。

而你呢！嗳，我不说你了李月，你比我更知道自己的身价。上海这地方，成功人士有的是，英俊潇洒的中年男子也不是找不着，你为啥仍要回过头来，又偏偏要找上大盟呢？”

国庆的话是直率些，却也是我想了解的。我把脸转向李月，李月垂首不语。

王奇跟着国庆后面道：“是啊，我们都对大盟说，你是苦尽甘来了。”

于海鹰一面仍在选取角度抓拍，一面接嘴道：“我讲给电视台的同事们听。他们中不少人不相信，说内中一定是有原因的。只有一个平时说话不多的编导讲了一句：男女之间的事，永远说不清楚。不过，不爱江山爱美人的事，还是时有发生的。”

“都是老朋友了，”高宏滨也说，“让我们至少也知道个大概。”

“是啊是啊，”刘玉兰跟在众人后面道，“上海滩的女人，不管是哪个阶层的，都讲实惠。李月最早给我透露心愿时，我虽然在帮她，那是看在多年闺蜜的份上。心底深处，我并不看好李月的选择。你今天就给我们讲讲你的真实想法吧！”

大盟有些不自然地站起来，说：“我去抽根烟回来。”

说着，转身走出包房。

“这家伙，”王奇笑道，“回避呢。”

李月呷了一小口葡萄酒，环视我们这些人一眼，问了一句：“你们真想听我讲心里话？”

“是啊！”妻子带头应出一声。

“很简单，大盟的身上，有着一股舍身助李月的精神。”李月把手一摊说：“我只举两个关键例子。一，上山下乡的时候，以他家的条件，他完全可以留上海，只因我决定去插队了，他毫不犹豫把工矿名额让出去，随我一起走了……”

高宏滨插了一句：“那时候，你们就已经好上了吗？”

李月抬眼瞅了高宏斌一下道：“只能说，当时是朦朦胧胧的恋情。你们和我一样，是同时代过来的人。那年头的留上海和去外地农村，那是一个天、一个地啊！大盟他为了我，义无反顾地做了。第二个例子，我就不用啰嗦了，你们都是亲历者。你们想想，二千多万知青中，有几个把上大学的机会让给他人的？”

“这倒是真的，”刘玉兰点头，“听到这事，我们女知青中就有人说，冲着这件事，这个男人也值得嫁。”

“我知道我知道的，”于海鹰连续抓拍了几张李月的镜头，“我们男知青听说了这事，几乎炸锅了。有人说大盟疯了，有人说他会后悔的……”

“你们事后，有谁听大盟讲过后悔的话？”李月一一望着我们问。

确实，大盟后来再穷困潦倒，孤家寡人，我们谁都没听他讲过一句失悔的话。

“我也是在人生的历练中，逐渐醒悟过来的呀！”李月不无感伤地说，“特别是我经历了失败的婚姻，受尽伤害之后，所谓的曾经爱的沧海，看清了水咸水淡时，我才幡然明白，在人生关键时刻，能够舍身助我的人，在这世间，只有大盟一个。尤其是通过不同的渠道，听到了大盟现在的情况，自责、歉疚、懊悔、怜悯，所有的情感纠结在一起，让我再也无法夜夜安心入眠了。我有能力帮助他呀，我也必须在他人生跌入低谷时，扶助他一把呀！要感谢作家了，他把大盟仍然在天天思念我、想我的那首古风诗转给了我。不瞒你们说，读着这首诗，我哭了……”

游轮虽然仍在黄浦江面上兜着圈子，我们这间小小的包房里，却是一片静寂。

大伙儿都被李月坦诚的倾诉打动了。刘玉兰朝所有人挥动着手："好啦好啦！我这回是彻底明白了。我不明白的是，你让大盟停了擅长的活，准备让他这么个大男子汉，没啥一技之长的，干些什么呢？"

"是啊，"张国庆赞同道，"说来听听，我也受些启发。下岗工人也要找出路。"

"这还不简单，"高宏滨的手一指，"让大盟当她的助理啊！"

王奇的眉毛一扬："大盟又不懂做生意。"

门上响起两下叩击声，大盟抽完烟回来了。于海鹰的闪光灯一亮，拍了一张照，笑着对他道："问你呢！会不会做生意？"

"做生意？"大盟挠着后脑勺，莫名其妙地睁大眼瞅着众人。

"他会。"李月用十足有把握的口吻道，"上海的房地产市场，近几年里刚起步。我购房时都关注了，离市区近的城乡接合部，一套三口之家居住的两室一厅，只要二十几万人民币，他买过一套。真的，比美国便宜得多了，三万美元啊，就能买上一套房子。况且现在的房产商造好了房子，拼命地使劲地在推销现房，没有任何限制。我们在他买的那个小区第五期、第六期的房源中，再去买上几套……"

"几套，乖乖！"张国庆叫了一声。

"我那些钱，买几套还是买得起的。"李月十分有把握地说，"你们几个，都可以去买。我敢保证，十年之后，甚至不要十年，你们的家庭资产都不得了。"

"真的？"我们几个不约而同地盯着李月。

李月的神情丝毫没有开玩笑的意思，她庄重地竖起一根纤纤食指，说："你们相信我，就去做，哪怕只买一套改善自己的居住条件也可以。"

大盟坐下来，端起自己的杯子，小心地抿了一口酒说："我们不谈生意了，刚来时候海鹰给我提议，我们应该拍个合影留下纪念。这样，我们每个人把自己杯子里的酒喝完，就合一张影。"

"好啊好啊！"于海鹰一口饮尽自己的杯底酒，一边站到门边去一边喊，"你们随意点，坐沙发扶手上可以的，站着也行。"

刘玉兰问："那你呢？"

于海鹰一面对着镜头，一面答："我先给你们照一张。然后出去找个服务员来，我们一个不少地照一张。"

众人纷纷举起杯子，欢笑着，喧嚷着，碰杯、干杯。包房里洋溢着一派喜庆气氛。

关于这本书

2019年年初，我计划在五年里完成《魂殇》《婚殇》《恋殇》三部长篇小说，了却在本子上涂涂画画构思了多年的心愿。之所以要写这三部以“殇”字命名的作品，是在我告别人生的中年，迈入老年门槛的这些年里，忽然察觉到，当代生活中，年轻一代人的恋爱观、爱情观、价值观、家庭观，和我们这一代人当年所普遍信奉和追求的婚恋观念完全不同了！特别是近年来悄然产生的“躺平”“懒恋懒婚”，甚至不婚，愈加令我感觉到社会伦理形态的演变。曾几何时，只不过是四十多年前，我初涉文坛时出版的长篇小说《我们这一代年轻人》《风凛冽》《蹉跎岁月》等作品，还被评价为比较生动准确地描绘了“一代人青春”的作品啊！我得把《魂殇》《婚殇》《恋殇》写出来。

哪知道，刚刚完成了前两部，正进入《恋殇》的写作，一位有过知青经历的朋友，在给我谈论读过这两部小说后的感受时，顺便给我讲述了他知青伙伴中发生的中年爱情，那就是《晚秋情事》里齐大盟和李月的原型。朋友在微信中的三句话搅动了我的文思，一句话是“中年人的爱情”，一句话是“这年头值得赞颂和议论的爱情”，一句话是“这素材若能成为小说题材，他俩会很高兴的。他们知道我认识你，讲起过的”。当然，更主要的是我对整个中国知青群体的认知，几十年里，我始终和这一代人保持着接触和联系。从毛泽东、周恩来等领导人接见和肯定过的第一代知青先进代表，如邢燕子、董加耕、侯隽等全国典型，到1975年、1976年最后一批“上山下乡”的“小知青”中的代表性人物，我都认识，并分别听过他们对知青岁月的倾述，尤其是曾叱咤风云的一批命运跌宕的“响当当”人物，我也听到过他们对已逝去岁月的感慨。可能我的身份是个小说家，所有普普通通的“知识青年”对我都是一见如故，并会坦率、坦然地向我讲述他们人生中的一段段经历。记得那一年我和妻子在游轮上畅游多瑙河，偶遇几位老知青，没几天工夫，就听他们一一讲述了各自的人生故事。对中国的这一群体，我是深有体会和熟知的。当然，我和自己同班的、同时去山乡插队并一同长大的伙伴们，就更为熟知和无话不谈了。故而，当心中燃起创作的火苗，《晚秋情事》就水到渠成了。

这本书可以视作“殇”字系列长篇小说的一个组成部分。不过，它不是一个感伤的故事，而是一个颇有意味的中年爱情版本。

但愿读过以后，也能引起你的一缕遐思。

叶辛

2022年12月5日